Die drei ???®
Der geheime Schlüssel

cbj

DIE SERIE

??? »Drei Fragezeichen« – das ist das Symbol des wohl bekanntesten Junior-Detektivteams der Jugendliteratur. War die Aufklärung geheimnisvoller, oft gefährlicher Kriminalfälle für Justus, Bob und Peter aus Rocky Beach in Kalifornien zunächst nur ein Zeitvertreib, so hat sich daraus nach und nach eine ernsthafte Nebenbeschäftigung für freie Stunden und Schulferien entwickelt. Ihre Zentrale, einen ausrangierten Campingwagen, haben die drei mit Telefon, Tonbandgerät, Fotolabor, Periskop und mancherlei selbst gebastelten Apparaten eingerichtet, die ihnen modernste Ermittlungstechniken ermöglichen. Doch jeder Fall erfordert vorwiegend Köpfchen, Ausdauer und Mut – und ohne Justus' Superhirn, Bobs Forscherdrang und Peters Sportsgeist kämen die drei trotz ihrer technischen Ausrüstung nicht zum Ziel.

Von den drei ??? sind als cbj Taschenbuch erschienen:

Die drei ??? und der magische Kreis (20499) · **Die drei ??? und der weinende Sarg** (20471) · **Die drei ??? und der verrückte Maler** (20545) · **Die drei ??? und der Höhlenmensch** (21022) · **Die drei ??? – Die Schattenmänner** (21751) · **Die drei ??? und die Perlenvögel** (20583) · **Die drei ??? und der gestohlene Preis** (20582) · **Die drei ??? und die Musikpiraten** (20580) · **Die drei ??? und der Schatz im Bergsee** (20713) · **Die drei ??? – Späte Rache** (21752) · **Die drei ??? und der Automarder** (20765) · **Die drei ??? und das Geheimnis der Särge** (20768) · **Die drei ??? – Der rasende Löwe** (21755) · **Die drei ??? und der unsichtbare Gegner** (20766) · **Die drei ??? – Angriff der Computerviren** (21753) · **Die drei ??? und der Spuk im Hotel** (20993) · **Die drei ??? und der Diamantenschmuggel** (20994) · **Die drei ??? und die Fußballgangster** (21020) · **Die drei ??? – Schüsse aus dem Dunkel** (21756) · **Die drei ??? und der lachende Schatten** (21138) · **Die drei ??? und der Ameisenmensch** (21141) · **Die drei ??? und der unheimliche Drache** (21178) · **Die drei ??? und der Teufelsberg** (21180) · **Die drei ??? und der Zauberspiegel** (21181) · **Die drei ??? – Die singende Schlange** (21754) · **Die drei ??? und die Silbermine** (21183) · **Die drei ??? – Der Doppelgänger** (21858) · **Die drei ??? – Geheimsache Ufo** (21185) · **Die drei ??? und der höllische Werwolf** (21186) · **Die drei ??? – Das Gold der Wikinger** (21859) · **Die drei ??? und der Nebelberg** (21371) · **Die drei ??? im Bann des Voodoo** (21372) · **Die drei ??? und der Dopingmixer** (20546) · **Die drei ??? – Das Erbe des Meisterdiebs** (21373) · **Die drei ??? und die Automafia** (27070) · **Die drei ??? und die Karten des Bösen** (21370) · **Die drei ??? und die Schlucht der Dämonen** (27071) · **Die drei ??? und die Villa der Toten** (21715) · **Die drei ??? – Der schrullige Millionär** (21759) · **Die drei ??? – Der Feuerturm** (21746) · **Die drei ??? – Die bedrohte Ranch** (21760) · **Die drei ??? – Panik im Park** (21739) · **Die drei ??? – Der verschwundene Filmstar** (21737) · **Die drei ??? – Der schwarze Skorpion** (21740)

Als OMNIBUS-Doppeldecker sind erschienen:

Die drei ??? und der Karpatenhund/Die drei ??? und das Narbengesicht (20040) · **Die drei ??? und die Fußballgangster/Die drei ??? und der Diamantenschmuggel** (21293)

Weitere Titel der Serie sind in Vorbereitung.

Die drei ???®
Der geheime Schlüssel

Erzählt von André Marx

cbj

cbj
ist der Kinder- und Jugendbuchverlag
in der Verlagsgruppe Random House

*Für Olaf – Entdecker der Mobimecs,
Testrätsler und Lieblingsbruder*

FSC
Mix
Produktgruppe aus vorbildlich bewirtschafteten Wäldern und anderen kontrollierten Herkünften
Zert.-Nr. SGS-COC-1940
www.fsc.org
© 1996 Forest Stewardship Council

Verlagsgruppe Random House FSC-DEU-0100
Das für dieses Buch verwendete
FSC-zertifizierte Papier *München Super Extra*
liefert Mochenwangen.

1. Auflage
Erstmals als cbj Taschenbuch Mai 2009
Gesetzt nach den Regeln der Rechtschreibreform

Umschlagbild: Thilo Krapp
Umschlaggestaltung: knaus. büro für konzeptio-
nelle und visuelle identitäten, Würzburg
MI · Herstellung: CZ
Satz: Uhl+Massopust, Aalen
Druck und Bindung: GGP Media GmbH, Pößneck
ISBN 978-3-570-21741-2
Printed in Germany

www.cbj-verlag.de

Inhalt

Ein Schlüssel für den Mobimec 7
Ein Drink für Caitlin 16
Ein Job für Peter 25
Ein Tänzchen für die Zuckerfee 37
Eine Höhle für den Schlupfkrabbler 48
Eine Botschaft für die Kopperschmidts 59
Ein Auftrag für die Schwarze Dame 70
Eine Lampe für den Pfadfinder 80
Eine Kirche für Augustinus 91
Eine Warnung für die Fragezeichen 102
Ein Fall für Bob 112
Ein Rätsel für Justus 122
Ein Pfad für den Hausexpress 129
Ein Ei für alle 140
Ein Meisterwerk für Felix 147

Ein Schlüssel für den Mobimec

Als Justus Jonas das Blech-Äffchen auf den Boden stellte, begann dieses, wie verrückt im Kreis zu hüpfen und die Metallscheiben in seinen Händen scheppernd gegeneinanderzuschlagen. Währenddessen surrte der Schlüssel in seinem Rücken so lange gegen den Uhrzeigersinn, bis die mechanische Feder im Innern des Spielzeugs ihre Spannung verloren hatte und das Äffchen mit einem letzten Scheppern zum Stehen kam. Justus sah die junge Frau, die sich nach altem Blechspielzeug erkundigt hatte, Beifall heischend an. Doch die Dame mit dem dunklen Haar und den vielen Sommersprossen verzog nur missmutig den Mund.

»Das ist nicht ganz das, was mir vorschwebte«, sagte sie.

»Ach so«, antwortete Justus. Aus den Augenwinkeln suchte er das Gelände des Gebrauchtwarencenters Titus Jonas nach seinem Onkel und seiner Tante ab, denen das Geschäft gehörte. Diese Kundin schien ein schwieriger Fall zu sein. Und die überließ er lieber seinen Erziehungsberechtigten, schließlich war er hier nur die Aushilfe. Doch weder Onkel Titus noch Tante Mathilda waren irgendwo zu sehen. »Woran hatten Sie denn gedacht? Ich glaube, wir haben irgendwo noch aufziehbare Blechautos. Ich müsste meinen Onkel fragen, ob –«

»Es ist nicht wichtig, was für ein Spielzeug es ist«, unterbrach ihn die Frau und straffte ihr dunkles Kostüm.

»Es ist nur wichtig, wer es hergestellt hat. Ich suche ausschließlich Stücke der Firma Kopperschmidt. Um genau zu sein: ein Spielzeug, zu dem dieser Schlüssel passt.« Sie kramte in ihrer teuer aussehenden schwarzen Handtasche und hielt Justus einen kleinen Schlüssel unter die Nase, der in einem siebeneckigen, hohlen Metallstift endete. Justus nahm ihn entgegen und betrachtete ihn genauer. In kleinen, geschwungenen Buchstaben war der Name ›Kopperschmidt‹ eingraviert, außerdem ein Logo, das einen stilisierten Schlüssel darstellte. »Tja«, sagte Justus ratlos. »Ich muss gestehen, ich habe keine Ahnung, ob wir etwas von der Firma Kopperschmidt hier haben. Aber ich werde meinen Onkel fragen, da kommt er gerade. Einen Augenblick!«

Justus war froh, Onkel Titus endlich erspäht zu haben und sich von der Kundin loseisen zu können. Er eilte auf den kleinen, drahtigen Mann mit dem riesigen schwarzen Schnurbart zu. »Onkel Titus! Da drüben fragt eine Kundin nach Blechspielzeug von der Firma Kopperschmidt. Sagt dir das was?«

»Kopperschmidt? Aber natürlich. Das sind sehr wertvolle Sammlerstücke. Doch ich befürchte, dass ich momentan keine vorrätig habe. Letzte Woche habe ich das letzte verkauft.«

»Sicher?«

»Absolut sicher. Heute früh war nämlich schon einmal jemand da und hat danach gefragt.«

Justus zuckte mit den Schultern und kehrte zu der Kundin zurück. Die war nicht sehr begeistert. »Man hatte mir gesagt, dass ich auf dem Schrottplatz von Titus Jonas alles finde.«

»Gebrauchtwarencenter«, korrigierte Justus die Dame.

»Und gewöhnlich stimmt das auch. Aber wir können selbstverständlich keine Garantie dafür geben, dass wir jederzeit alles am Lager haben. Vielleicht schauen Sie einfach mal wieder vorbei. Es ist durchaus denkbar, dass wir schon in einigen Tagen –«

»Wäre es möglich, mich zu informieren, wenn etwas von Felix Kopperschmidt hereinkommt?« Die Kundin kramte ein weiteres Mal in ihrer Handtasche.

»Selbstverständlich. Wir sind stets bemüht, unsere Kunden zufriedenzustellen. Wenn Sie mir Ihre Adresse –«

Sie presste Justus mit ihrem Zeigefinger eine Visitenkarte gegen die Brust. »Ruf mich an!«

Es geschah nicht oft, dass Justus Jonas sprachlos war. Doch nun konnte er nur wortlos die Karte entgegennehmen und nicken. Einen Augenblick später hatte die Kundin auf dem Absatz kehrtgemacht und strebte dem Ausgang zu.

Justus sah ihr kopfschüttelnd nach und warf schließlich einen Blick auf die Visitenkarte. Dort stand:

Caitlin Kopperschmidt – Rechtsanwältin

Am nächsten Tag nach der Schule betrat der Zweite Detektiv Peter Shaw den Schrottplatz und ging zielstrebig auf den staubigen, alten Campinganhänger zu, der am Rande des Geländes in der Sonne stand. Auf den ersten Blick hätte man meinen können, der Anhänger gehöre genauso zum Schrott wie die ausgeschlachteten Autowracks und die kaputten Kücheneinrichtungen drum herum. Doch das war nur der äußere Schein. Im Innern des Wohnwagens hatten sich Peter, Justus und ihr gemeinsamer Freund Bob Andrews ein

Detektivbüro eingerichtet, die Zentrale, die mit allen technischen Finessen ausgestattet war. Dies war ihr Hauptquartier, ihre Operationsbasis, wenn sie gerade an einem Fall arbeiteten – oder auch nur ihr Treffpunkt in der Freizeit, wo sie stundenlang vor dem Computer oder Fernseher saßen.

Auf der Treppe entdeckte Peter einen Briefumschlag, den vermutlich Tante Mathilda dort deponiert hatte. Neugierig nahm er ihn zur Hand. Der Brief war an Justus adressiert und in New York abgestempelt. Und die Absenderin war – Lys de Kerk.

Peter stutzte. Lys. Justus' Freundin. Oder Ex-Freundin.

Peter hatte Lys schon seit Monaten nicht mehr gesehen und Justus hatte seit mindestens ebenso langer Zeit kein Wort über sie verloren. Es war dem Zweiten Detektiv schon lange komisch vorgekommen, dass Lys auf einmal keine Rolle mehr in Justus' Leben zu spielen schien. Aber er hatte sich auch nie getraut nachzufragen. Dieser Brief würde vielleicht erklären, was Justus so lange Zeit nicht über die Lippen gebracht hatte. Einen Augenblick lang überlegte Peter, ob er den Umschlag nicht mithilfe von heißem Wasserdampf heimlich öffnen und dann … nein. Er rief sich innerlich zur Ordnung und stieß die Tür zur Zentrale auf. Im dunklen, warmen Inneren herrschte wie üblich das Chaos. Bob, der für Recherchen und Archiv verantwortliche Detektiv, tippte ihren letzten Fallbericht in den Computer, während Justus in ein dickes Buch vertieft war. »Sie haben Post«, imitierte Peter eine Computerstimme und legte ihm den Umschlag zwischen die Seiten. Dabei ließ er Justus nicht aus den Augen.

Justus warf einen Blick auf den Brief und legte ihn auf den Schreibtisch. »Danke.«

»Willst du den Brief nicht lesen?«

»Doch. Sicher.«

»Na, dann mach ihn auf!«

»Später.«

»Wie – später?«

»Später. Wenn du mir dabei nicht über die Schulter siehst.«

»Na, hör mal! Das würde ich doch nie tun!«

»Nein?« Justus legte das Buch weg, öffnete den Brief und faltete ihn auseinander, ohne eine Miene zu verziehen.

Peter, der fast vor Neugier verging, zwang sich, woanders hinzusehen.

Bob grinste in sich hinein, während er vorgab, das Geplänkel der beiden nicht zu bemerken.

Schließlich faltete Justus den Brief wieder zusammen, steckte ihn zurück in den Umschlag und wandte sich wieder seiner Lektüre zu.

Peter setzte zu einer Frage an, doch noch bevor er das erste Wort herausbrachte, klopfte es zaghaft an der Tür. Bob, der direkt am Fenster saß, warf einen Blick nach draußen. »Dein Onkel«, sagte er erstaunt. »Wie nett. Während deine Tante quer über den ganzen Schrottplatz brüllen würde, klopft Onkel Titus höflich an die Tür.«

Justus öffnete. »Onkel Titus! Was gibt's?«

»Da ist ein Kunde, der nach Kopperschmidt-Spielzeug fragt. Offenbar ein Sammler. Ich habe ihm gesagt, dass wir leider momentan nichts dahaben. Aber dann fiel mir die Dame von gestern ein. Hatte sie dir nicht ihre Visitenkarte dagelassen? Ich dachte, vielleicht könnte man einen Kontakt herstellen.« Justus lächelte. Das war typisch Onkel Titus – immer um das Wohl seiner Mitmenschen besorgt, auch wenn es bloß um Blechspielzeug ging. »Ich kümmere mich darum«, sagte Justus, warf noch einen Blick auf den Briefumschlag, der auf dem Schreibtisch lag, und trat hinaus auf den Schrottplatz.

Der Mann war kaum größer als Onkel Titus und von ähnlich drahtiger Statur, jedoch wesentlich jünger. Unter dem Arm trug er eine kleine Holzkiste, die mit einer schnörkeligen Schrift versehen war. Sein dunkles Haar stand ihm wirr vom Kopf und er hatte ein freundliches, jungenhaftes Gesicht. Irgendwie kam er Justus bekannt vor, ohne dass er genau wusste, warum.

»Guten Tag. Ich bin Justus Jonas. Mein Onkel sagte mir, Sie seien auf der Suche nach Blechspielzeug?«

»Ich heiße Jeremy«, stellte sich der Mann vor und reichte Justus die Hand. »Aber ich suche kein Blechspielzeug, sondern Mobimecs. Genauer gesagt: Arme und Beine für Mobimecs. Und Schlüssel.«

Der Erste Detektiv runzelte die Stirn. »Verzeihen Sie, Jeremy, aber ich habe noch nie davon gehört. Was ist ein Mobimec?«

»Das hier.« Jeremy öffnete die Holzkiste, auf der das Kopperschmidt-Logo mit dem Schlüssel zu sehen war. Dabei hielt er den Deckel so, dass Justus die Schrift darauf entziffern konnte. Auf dem rauen Holz stand:

Ein Mobimec, der stille steht,
ein Schlüssel, der sich noch nicht dreht,
ein Bein, das von allein nicht geht,
bis jemand ihren Sinn versteht.

Justus runzelte die Stirn, doch dann wurde seine Aufmerksamkeit schon auf das gelenkt, was Jeremy aus der Holzkiste beförderte: Es war eine etwa faustgroße kupferfarbene Spielzeugfigur mit clownähnlichem Gesicht und Haaren aus Kupferdrahtwolle. Dort, wo die Extremitäten hätten sein sollen, ragten filigrane Metallstifte aus dem Rumpf. Es war offensichtlich, dass Arme und Beine vorgesehen waren, jedoch fehlten. Als Justus durch einen kleinen Spalt am Schultergelenk einen Blick ins Innere der Figur warf, sah er ein dicht gedrängtes Gewirr aus Zahnrädern und Federn. Im Rücken des Männchens befand sich eine Öffnung, die offensichtlich zum Aufziehen der Mechanik gedacht war.

»Das ist ein original Mobimec aus dem Hause Kopperschmidt. Bei diesem Exemplar handelt es sich um einen Schlupfkrabbler. Bedauerlicherweise fehlt mir der Schlüssel dazu, deshalb kam ich hierher.«

Justus konnte sich ein Grinsen nicht verkneifen. »Schlupfkrabbler?«

»Ja. Er heißt so, weil er in Unterschlupfe krabbelt. Es gibt eine ganze Serie davon, alles handgefertigte Einzelstücke, jeder mit einem ganz eigenen Schlüssel. Aber ich dachte, ich finde möglicherweise einen anderen Schlüssel, der ebenfalls passt.« Justus runzelte die Stirn und betrachtete die Schlüsselöffnung noch einmal genauer. Sie war siebeneckig. »Das kann kein Zufall sein«, murmelte er.

»Was meinst du?«

»Gestern war eine Kundin hier, die sich ebenfalls nach Kopperschmidt-Spielzeug erkundigte«, erklärte Justus. »Wir haben leider gerade überhaupt nichts vorrätig, aber die Dame ließ mir ihre Visitenkarte hier. Vielleicht wollen Sie sich mit ihr in Verbindung setzen. Möglicherweise kommen Sie irgendwie ins Geschäft.« Justus kramte in der Hosentasche, zog die Karte hervor und reichte sie Jeremy. Doch dieser warf nur einen kurzen Blick auf den Namen und von einer Sekunde auf die andere verwandelte sich seine offene, freundliche Ausstrahlung in unverhohlene Ablehnung. Er lachte bitter. »Auf gar keinen Fall!«

»Sie kennen die Dame?«, fragte Justus überrascht.

»Und ob ich sie kenne. Und es ist absolut undenkbar, dass ich mich mit ihr in Verbindung setze.«

»Darf ich fragen, warum?«

»Das ist eine lange und für dich bestimmt sehr uninteressante Geschichte. Ich werde nicht mit ihr sprechen. Belassen wir es dabei.«

Justus überlegte einen Augenblick, ob er nachhaken sollte, entschied sich dann jedoch dagegen. Aber eine andere Frage ging ihm schon seit gestern nicht aus dem Kopf: »Sagen Sie, es ist doch bestimmt kein Zufall, dass Caitlin Kopperschmidt und der Spielzeughersteller den gleichen Namen haben, oder?«

Jeremy schüttelte den Kopf. »Nein, es ist kein Zufall. Caitlin ist Felix Kopperschmidts Tochter.«

»Ich verstehe. Und sie sammelt die Spielzeuge ihres Vaters?«, sagte Jeremy. »Nein, ganz bestimmt nicht.«

»Und warum hatte sie dann einen Schlüssel, nicht aber das dazugehörige Spielzeug?«

Jeremy stutzte. »Sie … sie hatte einen Schlüssel?«

»Ja. Einen siebeneckigen. Ohne mich in dieser Branche auszukennen, würde ich sagen, dass er zu Ihrem … Schlupfkrabbler passen könnte. Denken Sie, das ist ein Zufall?«

Einen Moment lang schwieg Jeremy. Nachdenklich blickte er auf das Spielzeug in seiner Hand. »Nein«, murmelte er. »Das ist ganz sicher kein Zufall. Aber ich will dich damit nicht weiter belästigen. Es war nett, dass du mir geholfen hast. Ich muss jetzt gehen.«

Noch bevor Justus etwas erwidern konnte, hatte Jeremy sich schon umgedreht. Während er zur Straße ging, packte er den Schlupfkrabbler hektisch zurück in die Kiste. Dabei hatte er es so eilig, dass sie ihm aus der Hand rutschte und auf den Boden fiel. Schnell hob er sie wieder auf, stieg in seinen Wagen und fuhr los.

»Wiedersehen«, murmelte Justus und sah ihm nach. Dann fiel sein Blick auf den Boden. Dort lag ein kleiner, zusammengefalteter Zettel, der vorher noch nicht da gewesen war. Hatte Jeremy ihn verloren? War er aus der Kiste gefallen? Justus wollte dem Mann nachlaufen, doch das Motorengeräusch verklang bereits in der Ferne. Schulterzuckend hob Justus das Papier auf. Es war wahrscheinlich nur ein Einkaufszettel. Auf dem Rückweg zur Zentrale entfaltete er ihn – und blieb überrascht stehen. Nein, kein Einkaufszettel. Es war ein in schnörkeliger schwarzer Handschrift verfasstes Gedicht.

Ein Krabbler ohne Arm und Bein
und ohne Schlüssel – kann das sein?
Zudem fehlt auch zu sei'm Verdruss
das Loch, in das er schlüpfen muss.

Drum findet alles, was ihm fehlt,
das ist das Einzige, was zählt.

Die Höhle, die der Krabbler braucht,
das sei verraten, ist verraucht.
Im roten Turm, den lange Zeit
kein Mensch erklommen weit und breit,
ist sie verborgen, gut getarnt.
Es ist gefährlich, seid gewarnt!
Denn damals, als kurz vor dem Ziel
der ganze Rest zu Staub zerfiel,
blieb nur der Turm, ganz kahl und nackt.
Seitdem ist er nicht mehr intakt.
Doch wer erklimmt den roten Stein,
der wird der Antwort näher sein.

Ein Drink für Caitlin

Als Justus in die Zentrale zurückkehrte und einen Blick auf Lys' Brief warf, bemerkte er es sofort: Die aufgerissene Seite des Umschlags zeigte in die falsche Richtung. Er sah Peter böse an. »Könnte es sein, dass du mir etwas zu sagen hast, Zweiter?«

»Ich, äh … du … du meinst …«

»Du hast meinen Brief gelesen.«

»Ich …«, begann Peter – und verstummte. Wie auch immer Justus es herausgefunden hatte, es hatte keinen Zweck, es zu leugnen. Da half nur noch die Flucht nach vorn. »Stimmt. Warum hast du uns nicht erzählt, dass Lys aufs College nach New York gegangen ist?«

»Weil es euch überhaupt nichts angeht!«

»Was soll denn das heißen? Immerhin ist sie deine Freundin. Oder war es.«

Justus erwiderte nichts.

»Oder war es?«, wiederholte Peter, diesmal jedoch als Frage. »Ich sehe nicht ein, warum ich jemandem, der mein Vertrauen missbraucht, indem er meine Post liest, Fragen über mein Privatleben beantworten sollte«, sagte Justus kühl.

»Mensch, Just. Bob und ich, wir *sind* dein Privatleben! Und trotzdem wissen wir nicht, was zwischen Lys und dir eigentlich gelaufen ist. Findest du das nicht irgendwie seltsam?«

Der Erste Detektiv ließ sich im Stuhl zurückfallen und seufzte. Stirnrunzelnd spielte er mit dem Brief zwischen seinen Fingern.

»Na?«

»Mit Lys ist Schluss, wenn ihr es genau wissen wollt«, antwortete Justus gereizt. »Und zwar schon eine ganze Weile.«

»Und warum?«, fragte Peter.

»Weil … keine Ahnung. Es hat einfach nicht gepasst. Sie war zu alt und zu schön. Und ich war zu jung und zu dick. Und dann ist sie nach New York gegangen. Und ich habe es euch erst mal nicht gesagt, weil … keine Ahnung, wieso. Reicht das jetzt?«

Peter schüttelte entschieden den Kopf. »Nein, keineswegs. Wie kommt es, dass wir das erst jetzt erfahren? Seit wann reden wir nicht mehr über solche Dinge?«

»Wir haben noch nie viel über ›solche Dinge‹ geredet. Mit gutem Grund. Diese ganze Gefühlsduselei lenkt uns nur von unserer Detektivarbeit ab!«

»Blödsinn. Wir haben doch gar keinen Fall in Arbeit.«

»Doch. Seit gerade eben.« Er steckte den Brief von Lys in die Hosentasche und zog aus selbiger den Zettel hervor, den er auf dem Schrottplatz gefunden hatte. Stolz präsentierte er ihn seinen Freunden und erzählte von dem seltsamen Kunden und der Dame, die am Vortag da gewesen war. Doch Peter sprang nicht darauf an.

»Du willst doch nur von Lys ablenken.«

Justus seufzte. »Dein Mangel an Begeisterungsfähigkeit für ungewöhnliche Begebenheiten im Alltag ist beklagenswert.«

»Dass du uns alles Wichtige, was sich in deinem Leben ereignet, verschweigst, finde ich beklagenswerter.«

»Peter, bitte ...«

»Nein, im Ernst. Wir sollten das ausdiskutieren. Unbedingt.«

»Schön!«, entgegnete Justus gereizt. »Aber nicht jetzt! Okay?«

»Okay.«

Der Erste Detektiv atmete einmal tief durch und wandte sich wieder dem Zettel zu. »Ich finde die Geschichte mit diesen Schlupfkrabblern wirklich faszinierend. Und dieser seltsame Text hier ... ich bin mir nicht einmal sicher, ob Jeremy überhaupt wusste, dass das Papier in seinem Besitz war. Es könnte auch aus der Kiste gefallen sein, die ist ihm nämlich aus der Hand gerutscht. Da fällt mir ein: Auf dem Deckel seiner Holzkiste stand noch so ein seltsamer Spruch. Etwas mit Mobimecs, Schlüsseln und Beinen. Und zwar in der gleichen Handschrift. Seltsam, oder? Ein guter Detektiv sollte für solcherlei skurrile Koinzidenzen immer ein offenes Auge und Ohr haben.«

»Also, ich find's auch ganz spannend«, meinte Bob.

Justus warf ihm einen dankbaren Blick zu. »Sieh dir das mal an!« Er hielt den Zettel gegen das Licht. In dem Papier war ein Wasserzeichen. Ein stilisierter Schlüssel. »Das ist das Markenzeichen der Firma Kopperschmidt«, erklärte Justus. »Also, was sagt ihr dazu?«

Peter runzelte die Stirn. »Was sollen wir dazu sagen?«

»Komm schon, Peter! Ein rätselhafter Spielzeughersteller. Zwei fanatische Sammler, die an zwei aufeinanderfolgenden Tagen hier aufkreuzen. Nein, Moment: *drei* Sammler! Onkel Titus sprach von einem weiteren Kunden, der gestern Vormittag hier war. Und dann taucht auch noch ein Gedicht mit dem Kopperschmidt-Logo auf, das, wenn ihr mich fragt, viel mehr als nur ein Gedicht ist. Nämlich –«

»Ein Rätsel«, fiel Bob ihm ins Wort. »Das glaubst du doch, oder, Justus?«

Der Erste Detektiv nickte. »Liegt das nicht auf der Hand? In diesem Gedicht wird jemand aufgefordert, etwas zu tun. Nämlich das zu finden, was dem Krabbler fehlt. Dem Schlupfkrabbler, nehme ich an. Arme und Beine, einen Schlüssel und eine Höhle. Ich würde sagen, einen Teil des Rätsels haben wir bereits gelöst – den Schlüssel hat Caitlin. Die Höhle scheint an einem geheimen Ort irgendwo in einem roten Turm zu sein. Und Arme und Beine … nun, Fakt ist, dass dem Schlupfkrabbler, den Jeremy mir gezeigt hat, die Extremitäten fehlten.«

»Was soll das heißen?«, fragte Peter. »Du willst dich jetzt doch nicht ernsthaft mit diesem komischen Gedicht beschäftigen?«

»Das Gedicht ist ein Rätsel, Peter!«, erwiderte Justus nachdrücklich. »Womit sollte ich mich sonst beschäftigen wollen?«

»Wie kommt es eigentlich, dass, sobald irgendeine Person in Kalifornien ein Rätsel verfasst, dieses Rätsel früher oder später auf unserem Schreibtisch landet?«, fragte Bob.

»Das liegt an Justus. Unser Erster Detektiv zieht Rätsel auf magische Weise an. Und bisher hat es uns nichts als Ärger eingebracht. Aber schön, da es nun schon hier herumliegt – wie lautet die Lösung, Just? Oder kennst du sie etwa noch nicht?«

»So zutreffend deine Einschätzung meiner geistigen Fähigkeiten auch ist, Zweiter, in diesem Fall muss ich dich leider enttäuschen. Noch bin ich völlig ratlos. Daher schlage ich ein kleines Brainstorming vor: Eine verrauchte Höhle, ein roter Turm und etwas, das zu Staub zerfiel. Was fällt euch dazu ein?« Doch so angestrengt die drei ??? auch nachdachten, sie konnten überhaupt nichts mit diesen Stichworten verbinden. Schließlich sagte Bob zögernd: »Ich habe eine Idee: Wie wäre es, wenn wir uns weniger mit dem Rätsel beschäftigen als vielmehr mit der Person, die uns bei der Lösung vielleicht behilflich sein könnte?«

»Jeremy?«, fragte Justus. »Der Gedanke ist mir auch schon gekommen. Allerdings dürfte es schwierig werden, mit ihm Kontakt aufzunehmen. Ich kenne nur seinen Vornamen.«

Bob schüttelte den Kopf. »Ich rede nicht von Jeremy,

sondern von der Frau, die gestern hier war und dir ihre Karte gegeben hat. Wie heißt sie? Catherine?«

»Caitlin!«, rief Justus und schlug sich gegen die Stirn. »Natürlich! Mensch, Bob, wieso bin ich nicht gleich darauf gekommen?«

»Weil es langweilig wäre, wenn immer nur der Erste Detektiv Geistesblitze hätte«, sagte Bob grinsend. »Caitlin kann uns bestimmt etwas über Schlupfkrabbler, Höhlen und die Firma Kopperschmidt erzählen. Das dürfte uns einen Schritt weiterbringen.«

»Absolut richtig, Bob!« Justus durchwühlte die Papierstapel auf dem Schreibtisch, bis er die Visitenkarte gefunden hatte. »Sie wohnt in Santa Monica. Am besten machen wir uns sofort auf den Weg.«

Caitlin Kopperschmidt wohnte in einem schicken Apartmenthaus mitten in Santa Monica. Justus, Bob und Peter fuhren mit dem Fahrstuhl in den vierten Stock und klingelten an ihrer Tür. Zu ihrem Erstaunen öffnete jedoch nicht Caitlin selbst, sondern ein hochgewachsener Mann im schwarzen Anzug, der aussah, als käme er frisch aus einem Aftershave-Werbespot. »Ja bitte?«

»Guten Abend. Mein Name ist Justus Jonas. Wir würden gern Miss Kopperschmidt sprechen.«

Ihr Gegenüber runzelte die Stirn. »Erwartet sie euch?«

»Nicht direkt. Aber sie hat uns ihre Karte gegeben.« Justus hielt dem Mann zum Beweis Caitlins Visitenkarte entgegen. Daraufhin drehte er sich um.

»Caitlin?«

»Was ist denn, George?«, drang es aus dem Apartment.

»Hier sind drei Jungs, die dich sprechen wollen.«

Einen Augenblick später stand sie neben ihm in der Tür. »Nanu! Wenn das nicht der eifrige Junge vom Schrottplatz ist.«

»Gebrauchtwarencenter. Dies sind meine Kollegen Bob Andrews und Peter Shaw. Entschuldigen Sie die Störung, Miss Kopperschmidt, aber Sie haben uns Ihre Karte gegeben für den Fall, dass wir neues Spielzeug hereinbekommen.«

»Aber ja!« Caitlin lächelte zum ersten Mal und trat aufgeregt beiseite. »Kommt doch rein!«

Justus, Peter und Bob betraten ein geräumiges Apartment, das komplett mit edelsten Designermöbeln eingerichtet war. Ruhige Jazzmusik drang aus hochmodernen Lautsprechern. »Ich war gerade dabei, mir einen Drink zu machen.« Caitlin strebte zu einer kleinen Hausbar, wo sie die Zutaten für einen Cocktail in einen Shaker gab. »Wollt ihr auch einen?«, fragte sie die drei Detektive, ohne sich zu ihnen umzudrehen. »Ach nein, dafür seid ihr wohl noch zu jung.« Sie nahm den Shaker in die Hand, doch anstatt ihn selbst zu schütteln, stellte sie ihn in ein seltsames metallenes Gebilde. Justus trat einen Schritt heran, um es näher in Augenschein zu nehmen. Es waren zwei Hände aus Metall, die aus einem kupferfarbenen Kubus herausragten. Die Hände schienen voll beweglich und hielten den Shaker fest umklammert. Caitlin drehte an einem Schlüssel, der in der rechten Seite des Kubus steckte. Ratternd wurde im Innern eine Feder aufgezogen. Dann ließ sie den Schlüssel los – und Justus war sprachlos vor Verzückung:

Die Metallhände schüttelten den Behälter. Auf und

ab, hin und her, in einem rasenden Tempo und mit einem unglaublichen Radau. Für einen Moment konnte man wirklich glauben, dass die Hände einem echten Menschen gehörten, der sich irgendwo unter der Theke versteckt hatte, aber das war natürlich nicht möglich. Fasziniert sahen Justus und Peter dem Spektakel zu. Nach und nach wurden die Hände langsamer und stoppten schließlich ganz – doch dann geschah das Erstaunlichste. Die rechte Hand öffnete den Deckel, während die linke den Shaker langsam kippte – und einen hellgrünen Drink in ein bereitstehendes Glas goss. Nicht ein einziger Tropfen ging daneben. Dann bewegten sich die mechanischen Hände zurück in die Ausgangsposition – und standen mit einem letzten Klicken still. Zufrieden lächelnd griff Caitlin nach ihrem Glas und nahm einen Schluck.

»Das war … absolut unglaublich!«, brachte Justus schließlich hervor. »So etwas habe ich noch nie in meinem Leben gesehen!«

»Irre!«, pflichtete Peter bei.

»Nicht wahr?«, erwiderte Caitlin nicht ohne Stolz. »Die ›Shake Hands‹, so hat mein Vater diese Erfindung genannt. Er hat sie mir zu meinem einundzwanzigsten Geburtstag geschenkt.«

»Gibt es noch mehr solcher Wunderwerke?«, fragte Bob.

»Eine ganze Menge. Ich will sie euch gerne zeigen, aber kommen wir erst mal zum Grund eures Besuchs: Ihr habt tatsächlich neue Ware bekommen, die zum Verkauf steht?«

»Na ja, nicht direkt«, druckste Peter herum, doch Justus übernahm sogleich das Wort.

»Um ehrlich zu sein, Miss Kopperschmidt, sind wir aus reiner Neugier hier.«

Augenblicklich schlug Caitlins Freundlichkeit in unverhohlenes Misstrauen um. »Wie darf ich das verstehen?«

»Nun, wir interessieren uns für ungewöhnliche Begebenheiten«, fuhr der Erste Detektiv behutsam fort. »Und diese Mobimecs und Schlupfkrabbler ... Sie müssen zugeben, dass dieses Spielzeug schon recht bizarr ist.«

Caitlins Augen verengten sich zu schmalen Schlitzen. »Schlupfkrabbler?«

»Ja.«

»Woher wisst ihr von den Schlupfkrabblern? Ich habe sie mit keiner Silbe erwähnt.«

»Nun, wir ... haben uns informiert«, wich Justus der Frage aus. »Und sind darauf gekommen, dass Ihr Schlüssel vermutlich zu einem Schlupfkrabbler passt.«

Caitlin Kopperschmidts Misstrauen verwandelte sich in eisige Ablehnung. »Craig.«

»Wie bitte?«

»Craig steckt dahinter, nicht wahr? Oder Jeremy. Oder sogar beide! Ich wusste es!« Sie trat drohend einen Schritt vor und drängte die drei ??? Richtung Ausgang. »Hört zu, ihr drei Schlaumeier. Ich weiß nicht, was dieses alberne Spiel soll oder wer es sich ausgedacht hat, aber es ist mir auch egal! Bestellt meinen Brüdern einen schönen Gruß und sagt ihnen, sie sollen mich *in Ruhe lassen!*«

»Aber Miss Kopperschmidt –«, begann Bob.

»Raus!«

Ein Job für Peter

Die Sonne neigte sich dem Horizont entgegen und hing als glutroter Ball über dem Meer, als die drei Detektive auf dem Weg nach Hause langsam durch die malerischen, hellen Straßen von Santa Monica radelten.

»Das war ja wohl ein kompletter Reinfall«, fasste Bob ihren Besuch bei Caitlin Kopperschmidt zusammen.

»Das kann man wohl sagen«, stimmte Peter zu. »Wir sind nicht einmal dazu gekommen, etwas zu fragen oder das Gedicht auch nur zu erwähnen.«

Justus war der Einzige, dem der Rausschmiss nicht allzu viel auszumachen schien. »Ein Reinfall? Mitnichten, Kollegen. Unser Besuch war doch äußerst aufschlussreich.«

»So?«

»Wir wissen jetzt, dass Jeremy Caitlins Bruder ist. Und ein gewisser Craig ebenfalls. Weiterhin ist nun offenkundig, dass es tatsächlich irgendein Geheimnis gibt. Und dass die drei Kopperschmidt-Geschwister zerstritten sind. Ist das nichts?«

»Schön«, stimmte Peter zu. »Aber was fangen wir damit an? Bei diesem Rätsel hilft uns das jedenfalls nicht weiter.«

»Doch«, widersprach Justus. »Wir wissen jetzt Jeremys Nachnamen. Damit dürfte es um einiges leichter werden, seinen Wohnort ausfindig zu machen. Wir fahren zu ihm und –«

»Und handeln uns noch eine Abfuhr ein?«, unterbrach ihn Peter. »Herzlichen Dank, darauf kann ich verzichten.«

Sie kamen an eine Kreuzung. Justus blickte nach links. »Ich schätze Jeremy um einiges umgänglicher ein als Caitlin.« Er blickte nach rechts. »Außerdem –« Er verstummte. Starrte sekundenlang die Straße hinauf. Dann wendete er das Rad und steuerte die Berge an.

»He, Just!«, rief Peter. »Wo willst du denn hin? Nach Hause geht's in die andere Richtung!«

»Wir fahren nicht nach Hause!«, gab Justus über die Schulter zurück und trat schneller in die Pedalen.

»Sondern?«

»Zum roten Turm!«

»Zum ... was?«

Wortlos wies Justus nach vorn. Sie waren auf der Cedar Grove Road, die aus der Innenstadt von Santa Monica hinaus durch das kleine Industrie- und Gewerbegebiet in die Berge führte, die golden im Licht der untergehenden Sonne leuchteten. Zwischen den Dächern der Stadt und den gelb-braunen Hügeln waren vereinzelt ein paar graue Werksgebäude und Lagerhallen zu sehen. Und ein riesiger roter Fabrikschlot, der weit über alles andere hinausragte und wie ein Denkmal über der Stadt thronte.

Es dauerte einen Augenblick, bis Bob und Peter begriffen.

»Du ... du meinst, das da ist der rote Turm?«, fragte Bob.

»›Die Höhle, die der Krabbler braucht, das sei verraten, ist verraucht‹«, zitierte Justus aus dem Gedächtnis.

»›Im roten Turm, den lange Zeit kein Mensch erklommen weit und breit, ist sie verborgen, gut getarnt.‹ Diesen Schlot hat mit ziemlicher Sicherheit seit langer Zeit niemand mehr betreten, weil das Gelände nämlich abgesperrt ist.«

»Und was ist mit diesem Gerede über den Staub?«, fragte Peter, der noch nicht ganz glauben wollte, dass sie den roten Turm tatsächlich gefunden hatten.

»Jetzt sag bloß, du kennst die Geschichte der alten Fabrik nicht?«

»Ich … äh …« Peter machte ein hilfloses Gesicht. »Das gehört bestimmt zur Allgemeinbildung, oder?«

»Wenn man seit seiner Kindheit in dieser Gegend lebt, so wie wir – ja.«

»Okay, ich gestehe es: Ich habe noch nie davon gehört. Klärt mich auf!«

»Dieser Schlot gehört zur alten Fabrik«, ergriff Bob das Wort. »Einer Fabrik, die allerdings nie ihren Betrieb aufnahm. Denn kurz vor der Fertigstellung des Komplexes gab es ein schweres Erdbeben und alles stürzte zusammen – alles bis auf den Schornstein, der auf wundersame Weise stehen blieb. Die Firma war natürlich pleite, daher wurde die Fabrik nie wieder aufgebaut. Den Schornstein ließ man aber trotzdem stehen, obwohl er natürlich überhaupt keinen Zweck erfüllt. Weiß der Geier, warum.«

»›Denn damals, als kurz vor dem Ziel der ganze Rest zu Staub zerfiel, blieb nur der Turm, ganz kahl und nackt. Seitdem ist er nicht mehr intakt‹«, zitierte Justus.

»Mensch, Just!«, rief Peter. »Das passt ja wirklich alles zusammen!«

»Das sage ich doch die ganze Zeit. Also, Kollegen, nehmen wir den roten Turm näher unter die Lupe!«

Das ehemalige Fabrikgelände war vollkommen verwildert. Bäume und Sträucher wuchsen auf sandigem Boden und überwucherten die Ruinen der alten Fabrik. Ein Drahtzaun umschloss das Gelände, doch ein in der Nähe stehender rostiger Container war wie dafür geschaffen, das Hindernis zu überwinden. Innerhalb weniger Minuten standen die drei Detektive am Fuß des Backsteinturms.

»Irgendwie hat es was«, fand Peter, als er den Kopf in den Nacken legte und zur Spitze blickte. Die über den Himmel ziehenden Schäfchenwolken leuchteten in Postkarten-Rosa und schufen die Illusion, dass der Turm ihnen entgegenkippte. Aber natürlich stand er seit Jahrzehnten bombenfest. »Mit der rauchigen Höhle kann doch eigentlich nur die Spitze gemeint sein, oder? Ob da oben wohl wirklich etwas versteckt ist?«

Justus zuckte mit den Schultern. »›Doch wer erklimmt den roten Stein, der wird der Antwort näher sein.‹« Er sah den Zweiten Detektiv an.

Peter brauchte eine Weile, bis er begriff. »Moment mal! Warum siehst du mich denn so komisch an, Just? Du meinst doch nicht etwa, dass ich …«

»Wer denn sonst?«

»Ich soll *da rauf …?«*

»Das Rätsel lässt da wenig Spielraum für Interpretation. Dies ist der richtige Ort. Die Höhle des Schlupfkrabblers befindet sich dort oben.«

»Na schön. Aber ich habe keinen Schlupfkrabbler. Was soll ich dann also da?«

»Nachsehen, ob ich recht habe.«

»Aber –«

»Na los, Peter«, sagte nun Bob mit schmeichelnder Stimme. »Das ist doch nun wirklich kein Problem für dich. Da sind Sprossen in der Wand. Es ist nicht schwieriger, als auf eine Leiter zu klettern.«

»Schwieriger vielleicht nicht. Aber höher. Und verboten. Seht ihr?« Peter wies auf ein Schild, das an einer der untersten Sprossen angebracht war: ›Betreten verboten!‹

Justus zuckte ungerührt mit den Schultern. »Du sollst den Turm ja nicht betreten, sondern raufklettern. Also, was soll's.«

»Und wenn das Ding einsturzgefährdet ist?«

»Dieser Schornstein hat bisher jedes Erdbeben überstanden. Wenn er auch nur im Geringsten einsturzgefährdet wäre, hätte ihn die Stadtverwaltung von Santa Monica längst abreißen lassen. Also, Peter, rauf mit dir.«

»Warum kletterst du nicht selbst?«

»Weil ich Höhenangst habe«, gab Justus zurück. »Und du nicht.«

»Seit wann hast du Höhenangst?«

»Seit gerade eben.«

Peter seufzte. Es war immer das Gleiche. Wenn es um Aufgaben mit Körpereinsatz ging, war er die erste Wahl. Natürlich zu Recht. Wenn er sich vorstellte, dass Justus dort hinaufkletterte ... Der Erste Detektiv würde wahrscheinlich allein durch sein Gewicht diesen erdbebensicheren Schornstein zum Einsturz bringen. Nein, da kletterte Peter lieber selbst. »Also schön. Bringt ja eh nichts, mit euch zu diskutieren.« Beherzt griff der Zweite Detektiv nach einer Sprosse in Brusthöhe, stellte prüfend seinen Fuß auf die unterste und kletterte los.

Die Sprossen waren rostig und rau, saßen jedoch bombenfest im Mauerwerk. Nach einem zögerlichen Anfang verlor Peter bald seine Angst und kletterte immer rascher nach oben. Er ließ seinen Blick schweifen. Die Aussicht war herrlich. Er konnte über ganz Santa Monica hinwegblicken. In der Ferne sah er sogar einige Häuser von Rocky Beach. Auf der anderen Seite waren im Dunst die schemenhaften Umrisse der Hochhäuser von Los Angeles auszumachen. Und am Horizont glitzerte rotgolden der Pazifik wie ein Teppich aus reinem Licht.

Dann sah Peter hinunter. Und augenblicklich wurde ihm schwindlig. Er hatte keine Höhenangst. Aber aus dieser Perspektive sah es so aus, als hätte der Schornstein den Durchmesser eines Grashalms und könnte nicht einmal dem zusätzlichen Gewicht eines Grashüpfers standhalten, geschweige denn dem eines ausgewachsenen Menschen, der an seiner Seite emporkletterte. Bob und Justus waren nur noch bunte Flecken tief, tief unter ihm. Peter drehte sich der Magen um, und er zwang sich, den Blick wieder nach oben zu richten. Einfach klettern, Sprosse für Sprosse. Nicht denken, machen! Doch je höher Peter kam, desto stärker zerrte der Wind an seinen Haaren. Und der Schornstein wurde immer dünner. Beinahe hatte er das Gefühl, er würde schwanken.

Peter war nur noch zwei Meter von der Spitze entfernt, als plötzlich ein ohrenbetäubender Knall die Luft zerriss und einige Meter unter ihm ein Ziegelstein splitterte.

Ein Schuss!

Peter war so erschrocken, dass er beinahe losließ. Dann begann sein Herz zu rasen und er klammerte sich umso fester an die rostigen Sprossen. Panisch sah er hinab. Bob und Justus gestikulierten wild, riefen irgendwas, doch Peter verstand kein einziges Wort. Er blickte wild um sich. Die halbe kalifornische Pazifikküste lag unter ihm. Der Schütze konnte sich praktisch überall verstecken.

Er musste runter von diesem Turm! Sofort!

Andererseits waren es nur noch wenige Meter bis zur Spitze … Peter traf eine Entscheidung. Schneller, als es seiner Angst und seinem unruhigen Magen guttat, kletterte er das letzte Stück hinauf, bis er in die nur noch schallplattengroße Öffnung des Schornsteins blicken konnte. Dort steckte etwas. Eine Holzkiste, auf der das Kopperschmidt-Symbol prangte und die sich in der Öffnung verkantet hatte. Peter griff danach und zog die Kiste heraus. Sie zwar zum Glück leichter, als sie aussah. Er konnte sie sich unter den Arm klemmen. Und nun nichts wie weg hier!

Obwohl er nur noch einen Arm zum Klettern frei hatte, bewegte er sich in Windeseile auf den Erdboden zu. Er fühlte sich schrecklich schutzlos, wie auf dem Präsentierteller für eine ganze Horde schießwütiger Verrückter. Jede Sekunde rechnete er mit einer weiteren Attacke. Er bewältigte die letzten Meter – und hatte endlich wieder festen Boden unter den Füßen. Zitternd ging er in die Knie. Erst jetzt merkte er, wie anstrengend die Kletterei gewesen war.

»Peter!«, rief Justus besorgt und griff nach seiner Schulter. »Ist alles in Ordnung?«

»Wie man's nimmt. Ich bin nicht getroffen worden, wenn du das meinst. Aber in Ordnung ist deswegen noch lange nichts. Wer war das? Wer hat auf mich geschossen? Habt ihr etwas gesehen?«

»Gar nichts. Der Schuss kam aus dem Nichts. Anhand des Einschusslochs könnte man allerdings feststellen, aus welcher Richtung und Entfernung –«

»Vergiss es, Just!«, fuhr Peter dazwischen. »Ich will hier weg. Raus aus der Schusslinie. Und zwar sofort!«

Bob und Justus legten keinen Widerspruch ein. Eine Minute später waren sie auf dem Rückweg zur Zentrale.

Justus warf einen Blick aus dem Fenster. Draußen war es inzwischen dunkel. Etwa so dunkel wie die Stimmung im Innern des Wohnwagens. Er wandte sich wieder seinen Freunden zu. Peter stand der Schrecken noch immer ins Gesicht geschrieben.

»Hör zu, Peter, vielleicht war dieser Schuss nichts weiter als ein ganz dummer Zufall«, versuchte Justus, seinen Freund zu beruhigen.

»Schon gut«, sagte Peter hektisch. »Wahrscheinlich hast du recht. Ein Zufall, ja. Lass uns einfach nicht mehr darüber reden, okay? Denn sobald wir darüber reden, fange ich an zu zittern, und das ist sehr unangenehm, deshalb … lass uns einfach etwas anderes tun. In Ordnung?«

Justus fand es zwar eigentlich nicht in Ordnung, aber wenn Peter es so wollte … er nickte.

»Wir könnten uns endlich mit dieser Holzkiste beschäftigen«, schlug Bob zaghaft vor. »Immerhin war sie der Grund für … na ja. Den ganzen Ärger.«

»Klar!«, sagte Peter, zwang sich zu einem Lächeln und griff nach der Kiste. »Eine Kopperschmidt-Kiste also. Super. Und was ist drin? Wehe, der Stress hat sich nicht gelohnt!« Er strich mit den Fingern über das rissige Holz des Deckels und blickte Justus fragend an. Dieser nickte aufmunternd und Peter hob den Deckel ab.

Ein Büschel Holzwolle kam ihm entgegen. Vorsichtig entfernte er sie und legte das darin versteckte Objekt nach und nach frei: Es sah aus wie ein Miniaturberg für eine Modelleisenbahn. Nur dass der Kunststoff milchig-weiß war. Auf einer Seite befand sich ein Loch, wie ein Eingang zu einem Tunnel. Oder einer Höhle. Peter hob es aus der Kiste heraus und stellte es auf den Schreibtisch.

»Die Höhle des Schlupfkrabblers«, stellte Justus fest, und seine Augen glänzten, als er auf die Öffnung wies.

Peter hingegen konnte kaum seine Enttäuschung verbergen. »Also, für mich ist das nur ein olles Plastikdings. Was sollen wir denn damit anfangen?«

Nun griff Bob nach dem Kunststoffberg und warf einen Blick in den Höhleneingang. Doch es war nichts zu erkennen. »Tja, wie es aussieht, bleibt uns das verborgen.«

»So lange, bis wir den Schlupfkrabbler haben«, verfolgte Justus den Gedanken weiter. »Was bedeutet, dass wir auf jeden Fall Jeremy einen Besuch abstatten sollten. Er besitzt den Schlupfkrabbler. Dem fehlen zwar Arme, Beine und Schlüssel, aber vielleicht können wir mit seiner Hilfe einen Teil des Rätsels lösen.«

»Da gibt es nur ein winziges Problem«, gab Bob zu bedenken. »Wir wissen nicht, wo Jeremy wohnt. Und ich wage zu bezweifeln, dass Caitlin es uns verraten wird.«

Justus nickte. »Dann ist das wohl ein Fall für dich, Bob: Finde alles Erdenkliche über Felix Kopperschmidt, seine Firma, seine Mobimecs und seine Kinder heraus! Wäre doch gelacht, wenn uns das nicht auf eine Spur bringen würde!«

Der nächste Tag war ein Samstag. Bob hatte den schulfreien Vormittag genutzt, um in der Bibliothek, im Internet und im Zeitungsarchiv zu recherchieren. Er war der Spezialist, wenn es um das Zusammentragen von Informationen ging. Nirgendwo fühlte er sich wohler als zwischen Bücherregalen und in alten, verstaubten Archiven. Er kam sich dann immer ein bisschen vor wie ein Archäologe auf der Suche nach längst vergessenen Geheimnissen. Als sich die drei Detektive am Nachmittag in der Zentrale trafen, war Bob mit einem kleinen Stapel Kopien, Ausdrucken und Notizzetteln bewaffnet.

»Und?«, fragte Justus gespannt. »Was hast du über Felix Kopperschmidt und seine Firma herausgefunden?«

»Einiges«, sagte Bob und blätterte in seinen Unterlagen. »Die Familie Kopperschmidt stammt ursprünglich aus der Schweiz und bringt schon seit Generationen hervorragende Uhrmachermeister hervor. Einer dieser Uhrmachermeister wanderte in jungen Jahren nach Amerika aus und gründete eine Familie – Felix Kopperschmidt. Und hier in Kalifornien entwickelte er eine ganz neue Geschäftsidee: Er stellte keine Uhren mehr her, sondern mechanisches Spielzeug, allerdings auf extrem hohem Niveau. Streng genommen ist es gar kein Spielzeug, da kein Kind sich die wertvollen Einzelstücke je leisten könnte. Denn in jedem einzelnen Objekt steckt eine winzig kleine, hoch entwickelte Mechanik und lässt die Spielzeuge Dinge tun, die weit über das Hüpfen kleiner Blechäffchen oder das bloße Fortbewegen von aufgezogenen Autos hinausgehen.«

»Das haben wir ja gesehen«, sagte Peter. »Diese ›Shake Hands‹ waren echt der Hammer!«

»Was hast du sonst noch herausgefunden?«

»Die Firma Kopperschmidt beschäftigte zu ihren besten Zeiten ein Dutzend Angestellte. Felix entwickelte die Mobimecs auf dem Papier und ließ sie von seinen äußerst begabten Mitarbeitern herstellen. Eine Zeit lang waren sie sehr produktiv und erfolgreich und verkauften die Mobimecs in die ganze Welt. Unter wohlhabenden Leuten wurde es eine Art Geheimtipp, sein Geld in Kopperschmidt-Spielzeug anzulegen. Sie wurden zu echten Sammlerstücken. Doch nach und nach schrumpfte die Firma wieder zusammen, bis die Produktion vor einigen Jahren ganz eingestellt wurde.«

»Ist Kopperschmidt gestorben?«, fragte Justus.

»Nein, aber er wollte sich zur Ruhe setzen. Da er der kreative Kopf seiner Firma war, kam es nicht in Frage, dass einer seiner Mitarbeiter sie übernahm. Also wurde die Firma aufgegeben. Kopperschmidt müsste heute Mitte sechzig sein.«

»Lebt er noch in Kalifornien?«, wollte Peter wissen.

»Ja. Zusammen mit seinem ältesten Sohn Craig und

dessen Frau. Und zwar, wer hätte das gedacht, ganz in der Nähe. Jeremy ist sein zweites Kind. Seine Adresse habe ich ebenfalls herausgefunden. Und Caitlins Wohnort kennen wir ja schon. Ich hoffe, ich war nicht zu voreilig, Justus, aber ich habe bereits bei Felix Kopperschmidt angerufen.«

»Hervorragend, Bob! Und?«

»Sein Sohn Craig war am Apparat. Ich habe ihm erzählt, dass wir uns wegen eines Schulprojekts für die Firma seines Vaters interessieren. Wir können ihn heute Abend besuchen. Er hat versprochen, uns einiges zu erzählen.«

»Großartig! Wird Felix Kopperschmidt auch da sein?«

»Keine Ahnung.«

»Na, wir werden sehen. Aber bis heute Abend haben wir noch eine Menge Zeit. Wir könnten uns bis dahin mit Jeremy beschäftigen. Hast du seine Nummer?«

»Nein. Aber seine Adresse. Er wohnt gar nicht weit von hier.«

Jeremy Kopperschmidt lebte gleich hinter Rocky Beach im Landesinneren in einem kleinen hübschen Haus mit Blick auf die Berge. Sein Garten war eine blühende Oase inmitten des gelben und braunen vertrockneten Umlandes.

Justus, Peter und Bob stellten ihre Fahrräder am Zaun ab und suchten nach einer Klingel. Es gab keine. Nach kurzem Zögern öffnete Justus die Gartenpforte und betrat das Grundstück. Er hatte gerade die Hälfte des Weges zur Haustür zurückgelegt, als plötzlich von rechts ein ohrenbetäubendes, blechernes Bellen erklang. Justus fuhr vor Schreck zusammen und sah vor seinem inneren Auge schon einen riesigen, zähnefletschenden Dobermann oder Pitbull auf sich zu rasen. Er blickte nach rechts. Da war tatsächlich ein Hund. Aber er rannte nicht auf ihn zu. Er stand einfach nur da und bellte, sein Körper war dabei seltsam steif. Genau genommen bewegte sich nur seine Schnauze. Bob war der Erste, der es bemerkte: »Das ist gar kein echter Hund! Das ist … eine Art Roboter!«

Ein Tänzchen für die Zuckerfee

»Ein Mobimec«, sagte eine Stimme von links. Jeremy trat lächelnd von der anderen Seite des Gartens auf sie zu. »Einer der wenigen, die elektronisch funktionieren statt mechanisch. Es wäre etwas mühsam, Pluto permanent aufziehen zu müssen.«

»Der Mobimec heißt Pluto?«, fragte Peter erstaunt.

»So ist es. Seine Energie bezieht er über kleine Solarzellen auf seinem Rücken. Und ein Bewegungsmelder bringt ihn dazu zu bellen, sobald jemand das Grundstück betritt. Das ist sein Job, den er schon seit Jahren sehr zuverlässig erledigt. Außerdem schläft er nie und ist garantiert stubenrein. Pluto, Platz!«, rief Jeremy in Richtung des künstlichen Hundes, und augenblicklich verstummte der Mobimec und setzte sich quietschend auf seine blechernen Hinterbeine.

»Faszinierend«, sagte Justus. »Ein Mikrofon und eine Spracherkennung sind also auch eingebaut.«

»So ist es. Aber nun zu euch: Dich kenne ich doch.

Du bist der Junge vom Trödelmarkt, nicht wahr? Was führt dich her?«

Justus stellte seine Freunde vor und berichtete ohne Umschweife, warum sie gekommen waren. Das Rätsel, das Jeremy auf dem Schrottplatz verloren hatte, ließ er jedoch unerwähnt. »Wie Sie wissen, war Ihre Schwester bei uns, auf der Suche nach Spielzeug Ihres Vaters. Sie brachen gestern jedoch so überstürzt auf, dass ich keine Gelegenheit mehr hatte, Ihnen von einem dritten Sammler zu berichten, der es ebenfalls auf alte Mobimecs abgesehen hatte. Wie ich inzwischen vermute, handelt es sich bei ihm um Ihren Bruder Craig.«

Es war schwierig, in Jeremy Kopperschmidts Gesicht eine eindeutige Gefühlsregung auszumachen. »Und?«

»Und das hat mich neugierig gemacht. Drei Geschwister, die gleichzeitig nach Mobimecs suchen… Ich wollte wissen, was es mit diesen Mobimecs und der Firma Kopperschmidt auf sich hat. Daher haben meine Freunde und ich Ermittlungen angestellt.«

»Ermittlungen?«

Justus nickte und reichte Jeremy eine ihrer Visitenkarten.

Die drei Detektive
???
Wir übernehmen jeden Fall

Erster Detektiv	*Justus Jonas*
Zweiter Detektiv	*Peter Shaw*
Recherchen und Archiv	*Bob Andrews*

»Ich verstehe nicht ganz«, gestand Jeremy. »Wer hat euch beauftragt?«

»Niemand«, antwortete Bob. »Wir interessieren uns für ungewöhnliche Vorkommnisse und Geheimnisse aller Art. Und bei Ihnen, Ihren Geschwistern und den Mobimecs scheint es ein Geheimnis zu geben.«

Jeremy schien ihnen noch immer nicht ganz zu glauben. »Ihr seid also aus reiner Neugier hier?«

»So ist es«, bestätigte Justus.

»Und es kann nicht zufällig sein, dass Caitlin oder Craig euch geschickt hat, um mich auszuspionieren?«

Justus schüttelte den Kopf. »Aber wenn ich mir eine Bemerkung erlauben darf: Ihre Vermutung, wir könnten Sie ausspionieren wollen, legt den Schluss nahe, dass es tatsächlich ein Geheimnis gibt. Worum auch immer es gehen mag: Die drei Detektive sind Ihnen gern behilflich!«

Jeremy lächelte zaghaft. »In Ordnung. Vielleicht kann ich wirklich die Hilfe von ein paar cleveren Detektiven gebrauchen. Immerhin habt ihr mich gefunden. Das dürfte nicht ganz einfach gewesen sein. Und wie der Zufall es will, habe ich mir sowieso gerade Gedanken über den Schlupfkrabbler gemacht. Kommt mit!« Die drei Detektive folgten Jeremy durch den Garten zur Rückseite des Hauses. Dabei fiel ihnen auf, dass eine Seite des Hauses mit einer Art Kunststoff verkleidet war, in dem sich kleine Vertiefungen und Vorsprünge befanden. Die ganze Wand wirkte ein bisschen wie ein künstlicher unebener Felsen. Peter erkannte als Erster, dass dieser Vergleich gar nicht so weit hergeholt war. »Ist das eine Kletterwand?«, fragte er Jeremy.

»Ja. Freeclimbing ist mein Hobby.«

Sie betraten eine sonnige Terrasse, von der aus man einen großartigen Blick in die Canyonlandschaft hatte. An einem weiß gedeckten Tisch in einem gemütlich aussehenden Gartenstuhl saß ein älterer Mann mit weißem Haar. Er hatte eine stämmige Figur und ließ sich mit geschlossenen Augen die Sonne ins braun gebrannte Gesicht scheinen. Als die Jungen näher kamen, blinzelte er sie überrascht an.

»Darf ich vorstellen: Anthony Quinn. Und dies sind Justus Jonas, Peter Shaw und Bob Andrews.«

Peter konnte sich ein Lachen nicht verkneifen. »Anthony Quinn? Der Schauspieler? Niemals! Der ist doch schon tot!«

»Ja, ja, Gott sei Dank«, erwiderte der Fremde. »Nicht dass ich ihn nicht gemocht hätte. Aber seit seinem Tod muss ich nur noch jedem Zweiten erklären, dass ich nicht *der* Anthony Quinn bin, sondern nur *ein* Anthony Quinn. Als ich getauft wurde, war der Schauspieler zwölf Jahre alt, und meine Mutter konnte nicht ahnen, welcher Fluch dieser Name eines Tages für mich sein würde.« Er lachte. »Und ihr seid Freunde von Jeremy?«

»Nein, Sir«, antwortete Justus. »Wir sind …«

»Sie sind Detektive, die von ganz allein darauf gekommen sind, dass sich hinter dem Schlupfkrabbler ein Geheimnis verbergen könnte«, erklärte Jeremy.

»Das ist interessant«, staunte Mr Quinn. »Damit wären wir ja gleich beim Thema.«

»Setzt euch doch, Jungs!«, bat Jeremy und bot den drei ??? Stühle an. »Also, noch einmal von vorn: Craig war bei euch und hat nach Schlupfkrabblern gefragt.

Und Caitlin ebenfalls. Das ist wirklich aufschlussreich.« Er wandte sich an Mr Quinn: »Was hältst du von der Sache, Anthony?«

»Ziemlich eindeutig, wenn du mich fragst: Euer Vater schickt euch eine Botschaft. Nicht nur dir, sondern euch allen.«

Jeremy nickte. »Ja. Das sieht ihm ähnlich. Ich bekam den Schlupfkrabbler, Caitlin den dazugehörigen Schlüssel und Craig vermutlich die Arme und Beine. Oder aber die Höhle.«

Justus wurde hellhörig. »Die Höhle?«

»Ja. In irgendwas muss der kleine Kerl schließlich hineinkrabbeln, nicht wahr?«

»Ein Schlupfkrabbler ist völlig sinnlos, wenn man keine Höhle für ihn hat«, half Anthony Quinn aus. »Erst dann weiß man, wofür er wirklich gebaut wurde. Versteht ihr?«

Die drei ??? verstanden nicht. Jedenfalls nicht so genau. Doch Justus beschloss, das Gespräch erst mal in eine andere, weniger skurrile Richtung zu lenken:

»Warum schickt Ihr Vater Ihnen und Ihren Geschwistern all diese Sachen? Was hat er dazu gesagt?«

»Mein Vater hat gar nichts gesagt«, antwortete Jeremy. »Er ist nämlich seit einigen Wochen spurlos verschwunden.«

»Verschwunden? Was meinen Sie damit?«

Wieder war es Mr Quinn, der antwortete: »Er ist Hals über Kopf verreist. Ich bin ein alter Freund von Felix. Habe früher mal für ihn gearbeitet und Mobimecs gebaut, bis meine Hände zu zittrig wurden. Seit Felix die Firma aufgegeben hat, lebt er zusammen mit Craig und dessen Frau in seinem Haus. Bei meinem letzten

Besuch vor ein paar Wochen war er gerade dabei, seine Koffer zu packen. Craig und Martha Lynn waren nicht da. Ich fragte ihn, wohin es denn gehen soll, aber er wollte es mir nicht sagen. Er war furchtbar aufgeregt und in Eile und sagte nur, es sei ungeheuer wichtig, und dass er für eine Weile verschwinde. Ich habe mir große Sorgen gemacht, aber er wollte einfach nicht mit der Sprache rausrücken. Er sagte nur, seine Kinder wüssten Bescheid. Später erfuhr ich jedoch, dass er keinem seiner Kinder etwas von einer Reise erzählt hatte. Seitdem hat niemand wieder von ihm gehört.«

»Ich habe versucht, ihn ausfindig zu machen«, fuhr Jeremy fort. »Aber ohne Erfolg. Gerade als ich die Polizei einschalten wollte, kam ein Päckchen mit der Post: der Schlupfkrabbler. Fein säuberlich verpackt, aber ohne eine Nachricht von Dad. Abgesehen von dem Gedicht, das er auf die Holzkiste geschrieben hatte: ›Ein Mobimec, der stille steht, ein Schlüssel, der sich noch nicht dreht, ein Bein, das von allein nicht geht, bis jemand ihren Sinn versteht.‹«

Justus nickte. »Ich erinnere mich, die Schrift kurz gesehen zu haben.« Er überlegte, ob er Jeremy nun von dem verlorenen Zettel erzählen sollte, entschied sich jedoch abzuwarten, bis er die ganze Geschichte in Erfahrung gebracht hatte.

»Und sonst war wirklich nichts in dem Kästchen?«, erkundigte sich Mr Quinn.

Jeremy schüttelte den Kopf. »Nur Holzwolle.«

»Wo ist das Päckchen aufgegeben worden?«, fragte Justus.

»Im Raum Los Angeles.«

»Also ist Ihr Vater noch ganz in der Nähe«, stellte Peter fest.

»Nicht unbedingt«, widersprach Justus. »Vielleicht stammt das Päckchen gar nicht von Felix Kopperschmidt.«

»Es muss. Nur mein Vater ist dazu in der Lage, einen Schlupfkrabbler zu bauen. Und dieser hier ist ganz neu. Er muss also von ihm stammen.«

»Und Sie meinen, Ihr Vater möchte Ihnen mit diesem Mobimec und dem Spruch auf der Kiste etwas mitteilen?«

»Ja.«

»Und warum auf so geheimnisvolle Weise?«

Ein Lächeln schlich sich auf Jeremys Gesicht, das sich langsam in ein schelmisches Grinsen verwandelte. »Möchtet ihr vielleicht etwas Tee?«, fragte er, statt auf Justus' Frage zu antworten.

»Ja«, antwortete Justus irritiert. »Gerne. Warum nicht.«

Jeremy Kopperschmidt sprang auf und eilte ins Haus.

»Er wird euch zeigen, warum Felix den geheimnisvollen Weg vorgezogen hat«, raunte Mr Quinn und zwinkerte den drei Detektiven verschwörerisch zu. Doch bevor einer von ihnen fragen konnte, was er damit meinte, kehrte Jeremy schon zurück. Er hatte drei weitere Tassen gebracht und schenkte ihnen Tee ein. »Zucker?«, fragte er Bob.

Der dritte Detektiv nickte.

»Ein oder zwei Löffel?«

»Zwei.«

Jeremy griff nach Bobs Tasse und stellte sie in eine

kleine Einbuchtung im Messingtablett, auf dem auch die Zuckerdose stand. Das Tablett war ungewöhnlich dick. Eine Sekunde später fand Bob heraus, warum das so war:

Jeremy drückte zweimal auf einen kleinen Messingknopf, der Bob vorher gar nicht aufgefallen war. Plötzlich öffnete sich der Deckel der Zuckerdose wie von Zauberhand und wie bei einer Spieluhr ertönte aus dem Inneren des Tabletts Musik. Bob erkannte das Stück, es war ein Auszug aus Tschaikowskys Ballett ›Der Nussknacker‹. Amüsiert wollte Bob nach dem kleinen Silberlöffel greifen, doch in diesem Moment bewegte der sich ganz von selbst. Er war am Rand der Zuckerdose mit einem Kugelgelenk befestigt. Darin war eine Mechanik versteckt, die den Löffel nun wie einen Schaufelbagger in den Zucker stieß. Danach drehte er sich über die Tasse und kippte den Zucker aus. Das Ganze wiederholte sich.

Dann bewegte sich plötzlich die Tasse. Die Einbuchtung im Tablett befand sich auf einem Ring, der sich nun drehte, bis die Tasse auf der anderen Seite der Zuckerdose stand. Es sah aus, als tanzte die Tasse zu der Spieluhrmusik. Der kreuzförmige Griff an der Spitze des Zuckerdosendeckels, der nun nach unten zeigte, wurde an einem winzigen Teleskoparm ausgefahren, bis er im Tee verschwand. Dabei begann er, sich leise brummend zu drehen und das Getränk dabei umzurühren. Nach einigen Sekunden wurde der Teleskoparm wieder eingefahren, der Deckel klappte zu, die Tasse drehte sich zurück in Bobs Richtung und die Musik verklang.

Einen Augenblick lang waren die drei Detektive

sprachlos. Jeremy registrierte das äußerst zufrieden und sagte: »Gestatten: die Zuckerfee. Stets zu euren Diensten!«

»Das... das war großartig, Jeremy!«, rief Bob. »Wie haben Sie das gemacht?«

»Nicht ich. Mein Vater. Er hat die Zuckerfee entworfen und gebaut. Ich habe euch das gezeigt, damit ihr versteht, was Dad für ein Mensch ist. Natürlich ist die Zuckerfee nichts weiter als ein Spielzeug. Den Alltag erleichtert sie einem nicht. Aber darum ist es ihm auch nie gegangen. Für meinen Vater... ist alles ein Spiel, versteht ihr? Es geht ihm immer nur um den Spaß, den man bei etwas hat. Um die Aufregung und Spannung. Und um Rätsel. Als wir drei noch klein waren, bekamen wir unsere Geburtstagsgeschenke zum Beispiel nie einfach so überreicht. Wir mussten sie erst suchen. Mein Vater hat sie irgendwo im Haus versteckt und kleine Rätsel hinterlassen, die uns auf die richtige Spur führen sollten. Und er hat die Geschenke immer selbst gemacht, unglaubliche Erfindungen wie meinen Wachhund Pluto oder die Zuckerfee hier.«

Peter räusperte sich. »Da Sie gerade davon sprechen: Könnte ich vielleicht auch einen Löffel Zucker bekommen?«

Jeremy lächelte und setzte die Zuckerfee ein zweites Mal in Gang. Zu Tschaikowskys Spieluhrklängen erzählte er weiter, während die drei ??? gebannt auf das mechanische Zuckerdöschen starrten. »Wenn mein Vater also erst spurlos verschwindet und mir dann einen unvollständigen Schlupfkrabbler schickt, dann ist das erstens sehr typisch für ihn und zweitens hat es etwas zu bedeuten. Wie Anthony schon sagte: Der Schlupfkrabbler ist eine Botschaft an mich. An uns. Meine Geschwister und mich. Es ist offensichtlich, wie man sie entschlüsselt: Wir müssen den Schlupfkrabbler zusammenbauen, die Höhle finden und ihn hineinkrabbeln lassen.«

»Und was hindert Sie daran, sich mit Caitlin und Craig in Verbindung zu setzen und genau das zu tun?«, fragte Justus. Jeremy antwortete nicht. Stattdessen stieß Anthony Quinn ein bitteres Lachen aus. »Das ist eine wirklich gute Frage. Die Antwort versuche ich seit Jahren aus Jeremy herauszubringen, Justus, vergeblich. Gib dir also keine Mühe.«

»Du kennst die Antwort, Anthony«, sagte Jeremy verärgert. »Wir haben dutzendfach darüber geredet.«

»Ja, geredet schon. Über die Erbschaft eurer verstorbenen Mutter. Über das ganze Geld, das Craig geerbt hat. Caitlins und deinen Ärger darüber. Die Geldgier deiner Schwester. Über den ganzen seit Jahren andauernden Erbschaftsstreit zwischen euch dreien haben wir sehr häufig geredet, da hast du recht. Aber *verstanden,* Jeremy, verstanden habe ich die ganze Geschichte nicht. Caitlin und Craig sind deine Geschwister! Und ihr redet seit Jahren kein Wort miteinander! Du hast ewig keinen Fuß mehr in dein Elternhaus gesetzt! Es tut mir leid, Jeremy, aber dafür habe ich absolut kein Verständnis. Geld ist ein verdammt schlechter Grund, sich mit seiner Familie zu überwerfen. Du solltest froh sein, dass du deine Geschwister noch hast, nachdem eure Mutter so früh gestorben ist.«

»Du tust so, als ob es allein an *mir* läge!«

»Ich weiß, mein Junge. An dir liegt es wohl am allerwenigsten. Du hast lange Zeit versucht, die Situation irgendwie zu retten. Craig und Caitlin sind es, die einander nicht verzeihen können. Und die es dir immer noch übel nehmen, dass du dich nie auf eine der beiden Seiten geschlagen hast. Aber wenn du ehrlich bist, Jeremy, hast auch du es schon lange aufgegeben, das Verhältnis zwischen euch zu verbessern. Vielleicht solltest du es noch einmal versuchen.«

Die drei Detektive sahen einander betreten an. Sie verstanden nicht alles von dem, was hier geredet wurde, aber sie spürten sehr deutlich, dass eine große Last auf der Familie Kopperschmidt lag und das wohl schon seit Jahren. Das erklärte, warum Caitlin, Craig und Jeremy einander wie Todfeinde behandelten und sich aus dem Weg gingen.

»Jeremy«, sagte Justus ruhig. »Ich kann die Situation zwischen Ihnen und Ihren Geschwistern sicherlich nicht ganz nachvollziehen. Aber wenn Ihr Vater seit Wochen verschwunden ist und Sie sicher sind, dass der Mobimec, den er Ihnen geschickt hat, Teil einer Botschaft ist – meinen Sie nicht, dass diese Botschaft dann sehr wichtig sein könnte? Vielleicht sogar lebenswichtig? Es könnte beispielsweise ein Hilferuf sein.«

Jeremy nickte. »Der Gedanke ist mir auch schon gekommen.«

»Dann nehmen Sie um Himmels willen Kontakt mit Ihren Geschwistern auf und kommen Sie der Botschaft auf die Spur!«

»Aber … aber das kann ich nicht! Wir haben seit Jahren nicht miteinander gesprochen!«

»Dann wird es allerhöchste Zeit«, beharrte Justus.

»Ha!«, rief Mr Quinn. »Meine Rede! Seit Jahren meine Rede!« Jeremy seufzte schwer. »Aber wann? Und wie?«

»Sofort«, sagte Peter. »Und auf dem direktesten Weg.«

Justus lächelte. »Peter ist unser Mann fürs Grobe ...«

»Na, hör mal!«, beschwerte sich der Zweite Detektiv.

»... Ich wollte damit sagen, fürs Direkte, Unumwundene. Und ich muss ihm in diesem Fall uneingeschränkt recht geben. Es gibt Situationen, in denen man vorsichtig, subtil und mit Taktik vorgehen muss. Und es gibt Situationen, denen man am besten so schnell und simpel wie möglich begegnet. Diese Situation gehört zur letzteren Kategorie, Jeremy. Rufen Sie Ihre Geschwister an und treffen Sie sich mit ihnen! Sofort. Und auf dem direktesten Weg.«

Eine Höhle für den Schlupfkrabbler

Letztendlich war es nicht ganz so einfach, wie die drei ??? es sich vorgestellt hatten. Jeremy hatte sie überzeugt, dass Caitlin ihm nicht einmal die Tür öffnen würde, wenn er einfach so bei ihr aufkreuzte. Craig würde vielleicht nicht ganz so rabiat sein, aber er würde sich auf jeden Fall sträuben. Also heckten die drei ??? einen Plan aus, wie sie die drei Geschwister zusammenbringen konnten, ohne dass es schon vorher Mord und Totschlag gab. Mr Quinn, der Einzige, der mit allen drei Kindern seines Freundes Felix gut auskam, rief Craig an und verabredete mit ihm ein Treffen an diesem Abend. Er behauptete, Neuigkeiten über seinen Vater zu haben. Das Gleiche erzählte er daraufhin Caitlin und schlug ihr vor, sie am Abend zum Essen abzuholen. Da die drei Detektive ohnehin einen Termin mit Craig hatten, sollten sie ihn vor Ort daran hindern, seinen Geschwistern die Tür vor der Nase zuzuschlagen.

»Ich hin gespannt, ob unser Plan aufgeht«, sagte Bob, als sie am Abend auf den Rädern saßen und auf dem Weg zu Craigs Haus waren.

»Ich habe da so meine Zweifel«, meinte Peter. »Caitlin kann eine ganz schöne Giftspritze sein. Wenn dieser Craig genauso ist, dann werden sie sich die Augen auskratzen.«

Das Elternhaus der Kopperschmidts war groß und aus rußig-dunklem Stein erbaut und stand etwas abseits von den anderen Häusern in einem atemberaubend bunten Garten. Überall waren exotisch anmutende Blumen gepflanzt, deren Blüten in allen erdenklichen Farben in der Abendsonne leuchteten. Das Haus selbst war auf den ersten Blick nicht besonders eigenwillig oder auffällig. Doch als die drei ??? näher kamen, entdeckten sie mehr und mehr kleine Details, die aus dem simplen Gebäude ein echtes Kopperschmidt-Haus machten.

Als Erstes war da der Briefkasten am Straßenrand. Es war ein ganz normaler halbrunder Postkasten auf einem Holzpflock – nur dass er einen kupfernen Hut trug, dessen Krempe von einer mechanischen Hand festgehalten wurde, die wiederum aus dem Kasten selbst herausragte. »Lasst mich raten«, murmelte Peter. »Wenn man einen Brief hineinsteckt …« Er probierte es aus und öffnete die Klappe. Nichts geschah. Doch als er sie wieder schloss, geriet die Hand in Bewegung und lüpfte kurz den Hut. Peter grinste »… dann bedankt sich der Briefkasten.«

»Entdeckt ihr gerade die Geheimnisse des Kopperschmidt-Hauses?«, fragte jemand hinter ihnen.

Die drei ??? drehten sich um. Jeremy war aus seinem Wagen gestiegen und kam auf sie zu.

»Ganz recht«, antwortete Justus.

»Nun, es gibt noch viel mehr«, versprach Jeremy und ging zur Gartenpforte. Als er sie öffnete, erklang ein leises Glockenspiel. Suchend blickten sich die drei Detektive um, doch diesmal bewegte sich nirgendwo etwas. Als die Pforte jedoch zurück ins Schloss fiel, klappte plötzlich ein kleines Metallmännchen aus einer dichten Hecke, riss den grinsenden Mund auf und rief mit blecherner Stimme: »Willkommen!« So schnell wie es aufgetaucht war, verschwand es wieder im Gestrüpp.

Bob kicherte. »Geht das jetzt immer so weiter?«

»Sieht fast so aus, Bob«, meinte Justus und wies auf das Haus. Überall waren kleine Figuren oder Maschinen aus Metall angebracht: Kupferne Kobolde standen im Garten und kratzten sich quietschend am Kopf. In den Blumenkästen vor den Fenstern hockten skurrile Rieseninsekten aus Metall, die vor sich hin schnarrten. Und selbst die Vögel auf dem Dach und in den Bäumen waren nicht echt und zwitscherten hin und wieder blechern.

Staunend wanderten die drei ??? durch den farbenprächtigen Garten, in dem es aus jedem Winkel schnurrte und rasselte. Vor den leuchtenden Blumenbeeten standen kleine Gärtnermobimecs mit Gießkannen in den Händen, die nur darauf zu warten schienen, dass man sie aktivierte, damit sie ihre Arbeit verrichten konnten.

Vor der Treppe, die zum Eingang hinaufführte, standen links und rechts zwei matte, verbeulte Ritterrüstungen, die mit gekreuzten Hellebarden den Weg versperrten. »Und nun?«, fragte Justus.

Jeremy kam heran und trat auf eine Platte im gepflasterten Weg, die ein Stückchen vorstand. Mit einem rasselnden Ruck gaben die Ritterrüstungen den Weg frei. Die drei Detektive grinsten. Doch Jeremys Stolz, den er bei der Präsentation von Pluto und der Zuckerfee nicht verheimlicht hatte, schien verflogen. Er war offensichtlich sehr nervös wegen der Begegnung mit seinem Bruder, den er seit Ewigkeiten nicht gesehen hatte.

An der Tür gab es statt einer Klingel nur einen Türklopfer, ein schwerer Stahlring, der sich im Maul eines Löwen befand. Als Bob den Ring anhob, öffnete der Löwe leicht das Maul und weitete die Augen. Als Bob den Ring fallen ließ, stieß der Löwe einen kurzen Nieser aus. Jeremy trat ein paar Schritte zurück und verbarg sich halb hinter einem Busch, der neben der Treppe gepflanzt war.

Es dauerte eine Weile, dann öffnete eine Frau mit kurzem, lockigem Haar die Tür. Sie mochte Mitte dreißig sein, trug Jeans und T-Shirt und machte einen sportlichen Eindruck. »Hallo! Ihr seid bestimmt die drei Jungs, die sich für die Firma Kopperschmidt interessieren, nicht wahr? Ich bin Martha Lynn, Craigs Frau.«

Bob nickte und stellte sich und seine Freunde vor. »Ich habe heute Morgen mit Ihrem Mann telefoniert.

Es ist wirklich sehr nett, dass Sie uns empfangen. Da wäre allerdings noch etwas …«

Weiter kam Bob nicht. Denn in diesem Augenblick entdeckte Martha Lynn ihren hinter dem Gebüsch versteckten Schwager. »Jeremy!«

Jeremy legte den Zeigefinger an die Lippen und flüsterte: »Ist Craig im Haus?«

»Ja, ist er, aber ich weiß nicht, ob … Was hat das alles zu bedeuten?« Martha Lynn war überrascht, irritiert – aber nicht wütend.

»Die Sache mit dem Schulprojekt war nicht ganz die Wahrheit«, erklärte Bob verlegen und mit leiser Stimme. »Um ehrlich zu sein: Es war nur ein Vorwand. Wir haben Ihrem Mann etwas zu sagen. Würden Sie uns bitte hereinlassen, damit wir mit ihm sprechen können?«

Martha Lynn zögerte nur einen kurzen Moment, dann trat sie bereitwillig zur Seite und ließ die drei ??? eintreten. »Ich verstehe zwar nicht ganz, was vor sich geht, aber … nur zu!«

Sie befanden sich in einer großzügigen, aber für Justus' Geschmack etwas zu düsteren Eingangshalle. Der Erste Detektiv trat ein paar Schritte vor und kam dabei offenbar der Garderobe zu nahe. Denn plötzlich streckte sich ihm quietschend eine Metallhand entgegen, die ihm wohl den Mantel abnehmen wollte, wenn er einen gehabt hätte. Justus lachte unsicher und sah sich weiter um. Sofort fiel ihm ein Sims auf, der etwa in Schulterhöhe einmal durch den ganzen Raum führte. An den Türrahmen endete er jedoch nicht einfach, sondern verschwand in halbrunden Löchern in der Wand, um auf der anderen Seite des Rahmens auf die gleiche Weise wieder aufzutauchen. Justus konnte sich keinen Reim darauf machen, war aber sicher, dass auch dies zu einer von Felix Kopperschmidts Erfindungen gehörte.

»Kommt mit«, sagte Martha Lynn und führte sie durch eine hölzerne Doppelflügeltür in einen geräumigen Wohnraum mit hohen Fenstern, hinter denen der Garten lag. Auch hier zog sich der eigenartige Sims durchs ganze Zimmer und verschwand wieder in der Wand. Jeremy betrat den Raum nicht, sondern hielt sich hinter der Tür versteckt.

Craig Kopperschmidt saß in einem wuchtigen Ledersessel und las in einem dicken Buch. Das Buch lag auf einer Hand, die erst auf den zweiten Blick nicht zu Craig gehörte, sondern aus einem Gestänge herausragte, das an der linken Seite des Sessels befestigt war. Als die drei ??? eintraten, drückte Craig gerade auf einen kleinen Knopf an der Armlehne. Von der linken Seite kam eine weitere Hand surrend herangefahren, legte sich auf das Buch, blätterte die Seite um und verschwand wieder.

Dann bemerkte Craig seinen Besuch. Er klappte das Buch – ein alt aussehender Band über Kirchengeschichte – zu. Automatisch schwenkte der Metallarm zur Seite und klappte an der Sesselseite Platz sparend zusammen. Craig stand auf.

»Ah, die drei Jungs mit dem Schulprojekt, nehme ich an. Wie schön. Kommt rein, kommt rein! Ich muss euch allerdings vorwarnen, ich habe nicht viel Zeit für euch. In den nächsten Minuten bekomme ich Besuch. Aber für ein paar Fragen wird es sicher reichen.«

»Danke sehr, Mr Kopperschmidt«, sagte Bob und machte seine Kollegen ein weiteres Mal bekannt.

»Nennt mich ruhig Craig. Was kann ich also für euch tun? Was möchtet ihr wissen?«

»Die Dinge liegen etwas anders, als Sie glauben«, meldete sich nun Justus zu Wort. »Ich bin der Neffe von Titus Jonas, dem Gebrauchtwarenhändler. Sie waren vorgestern bei meinem Onkel und haben sich nach Mobimecs erkundigt.«

»Richtig! Na, so ein Zufall.«

Doch der Erste Detektiv schüttelte den Kopf. »Kein Zufall. Um ehrlich zu sein, ist das der Grund für unseren Besuch. Wir ermitteln in einem Fall, der mit Ihrem Vater und den Mobimecs zu tun hat.«

»Ermitteln? Wie darf ich das verstehen?«

Justus erzählte kurz von ihrem Detektivunternehmen. Craig schien ihm nicht recht zu glauben, fragte aber weiter: »Und in wessen Auftrag… ermittelt ihr?«

»In unserem eigenen. Wir haben herausgefunden, dass sich hinter den Schlupfkrabblerteilen, die Ihr Vater Ihnen und Ihren Geschwistern geschickt hat, eine Botschaft verbirgt und –«

»Woher wisst ihr das alles?«, unterbrach Craig ihn harsch. Inzwischen war jede Freundlichkeit aus seiner Stimme gewichen.

»Von mir, Craig«, sagte Jeremy und kam durch die Tür.

Augenblicklich trat Craig einen Schritt zurück. »Seid ihr von allen guten Geistern verlassen? Dieser Kerl hat hier nichts verloren!«

»Craig…«, begann Jeremy mit sanfter Stimme. »Lass uns doch vernünftig miteinander reden.«

»Ich wüsste nicht, was wir zu bereden hätten. Martha Lynn! Warum hast du ihn überhaupt reingelassen?«

»Du kennst meine Meinung dazu«, sagte Martha Lynn trotzig. Dann klopfte es an der Tür und das leise Niesen des Löwen war zu hören. »Das wird Anthony sein. Ich mache ihm auf.« Martha Lynn verließ den Raum und kam kurze Zeit später zurück – mit Anthony Quinn im Gefolge. Und Caitlin. Und deren Freund George.

»Bist du völlig verrückt geworden?«, zischte Caitlin Quinn an. »Sie sind ja doch hier! Beide!«

»Tut mir leid, Caitlin, aber ich sah mich zu einer kleinen Notlüge gezwungen, um dich zum Betreten dieses Hauses zu bewegen«, erklärte Mr Quinn.

»Und was haben diese drei kleinen Ratten hier zu suchen? Ich werde sofort wieder verschwinden!«, erklärte sie eisig und wandte sich zum Gehen.

»Bitte, Caitlin, bleib!«, sagte Jeremy. »Hör dir wenigstens an, was –«

»Könnte mir bitte irgendjemand erklären, was das alles zu bedeuten hat?«, rief Craig wütend und starrte abwechselnd Mr Quinn und die drei ??? an.

»Sehr gern«, antwortete Justus und begann, in ruhigen Worten zu erzählen, was sich genau ereignet hatte und welchen Plan sie am Nachmittag gefasst hatten. Während der ganzen Zeit kehrte Caitlin ihnen mit verschränkten Armen den Rücken zu, George an ihrer Seite. Craig starrte angestrengt Justus an, als wollte er um jeden Preis verhindern, aus Versehen den Blick seiner Geschwister aufzufangen.

»Wir sind also der Ansicht, dass Ihr verschollener Vater Ihnen eine Nachricht zukommen lassen wollte.

Ihnen allen. Eine Nachricht, die Sie nur entschlüsseln können, wenn Sie zusammenarbeiten. Daher gibt es nur zwei Möglichkeiten: Entweder Sie setzen den Mobimec gemeinsam in Gang – oder Sie verzichten darauf und werden nie erfahren, was Ihr Vater Ihnen mitzuteilen hat. Selbst wenn es vielleicht lebenswichtig ist. Es ist Ihre Entscheidung.« Justus schwieg und wartete. Keiner der drei rührte sich.

Dann meldete sich Caitlin zu Wort: »George, sag den beiden, dass ich den Schlüssel auf gar keinen Fall rausrücken werde.« George, ihr Freund im schwarzen Designeranzug, sagte: »Caitlin wird den Schlüssel auf gar keinen Fall rausrücken.«

»Typisch«, zischte Craig. »Sie war immer schon selbstsüchtig und habgierig.«

Caitlin wirbelte herum. »Das musst *du* gerade sagen, du ...« Sie hielt inne und wandte sich an George: »George, sag ihm, dass *er* das gerade sagen muss, dieser ...«

»Caitlin meint, dass *Sie* das gerade sagen müssen, Sie ...«

Martha Lynn stieß einen resignierten Seufzer aus. »Ich werde etwas zu trinken holen.« Sie verschwand in einem Nebenraum. Niemand sprach.

Bob warf Justus einen fragenden Blick zu, doch dieser schüttelte nur den Kopf. Sie hatten getan, was sie konnten. Den Rest musste Familie Kopperschmidt unter sich ausmachen. Plötzlich näherte sich ein ratterndes Geräusch. Und aus dem Loch in der Wand tuckerte eine Spielzeuglokomotive, die drei Waggons hinter sich herzog. Sie fuhr auf dem Sims entlang, und erst jetzt entdeckte Justus, dass dort kleine Schienen verlegt waren, die durch den ganzen Raum führten – und offenbar auch durch alle anderen. Auf den drei Waggons standen einige Gläser mit Getränken. Mit einem kurzen Pfiff kam die Lokomotive zum Stehen.

Begeistert näherten sich die drei Detektive dem Zug. »Was ist denn das?«, fragte Peter.

»Der Hausexpress«, erklärte Mr Quinn. »Er fährt durchs gesamte Gebäude. Felix hat ihn damals für die Kinder gebaut. In jedem Raum gibt es eine kleine Schaltzentrale, mit der man die Weichen stellen und bestimmen kann, wohin der Zug fahren soll. Als Caitlin, Jeremy und Craig noch klein waren, haben sie sich damit immer kleine Botschaften geschickt. Und Süßigkeiten. Wisst ihr noch?«

Die drei Geschwister nickten. Ihre Wut schien plötzlich verflogen. Caitlin presste die Lippen zusammen und wischte mit der Hand über ihre Augen.

Niemand rührte die Getränke an.

Dann griff Jeremy plötzlich in die Tasche, holte den Schlupfkrabbler heraus und stellte ihn auf den Tisch.

Craig verließ den Raum. Die drei ??? befürchteten schon, dass er sich aus dem Staub machen würde, doch dann kehrte er zurück, in der Hand vier kleine Objekte aus Metall: zwei Arme und zwei Beine, die genau zu dem Mobimec passten. Mit wenigen geübten Handgriffen war die Figur vollständig: ein Schlupfkrabbler, der aussah, als wollte er sich jeden Moment in Bewegung setzen.

Craig und Jeffrey sahen zu Caitlin hinüber, die ihnen noch immer den Rücken zugewandt hatte.

Caitlin rang sichtbar mit sich, und für einen Augenblick sah es so aus, als wollte sie das Haus kommentarlos verlassen.

»Caitlin, wir können einfach gehen, wenn du willst«, sagte George.

»Misch dich nicht ein!«, zischte sie wütend – und zog den siebenkantigen Schlüssel aus der Tasche. Sie drückte ihn George in die Hand und nickte ihm zu.

George kam heran und legte den Schlüssel auf den Tisch.

Einen Moment lang blickten alle schweigend auf den Mobimec. Dann sagte Mr Quinn: »Jetzt gibt es nur noch ein Problem: die Höhle. Ohne die Höhle ist ein Schlupfkrabbler nichts wert, wie wir wissen.«

»Ich denke, da können wir weiterhelfen«, sagte Justus und öffnete seinen Rucksack. Vorsichtig holte er den weißen Miniaturberg heraus und stellte ihn triumphierend neben den Schlupfkrabbler auf den Tisch.

»Aber woher –«, begann Anthony Quinn verblüfft.

»Ich erzähle Ihnen die Geschichte ein anderes Mal«, entschied Justus, da er ungern vor versammelter Mannschaft zugeben wollte, Jeremy die ganze Zeit den Fund des Zettels verschwiegen zu haben. »Um es auf den Punkt zu bringen: Wir sind unserer Detektivarbeit nachgegangen und haben die Höhle für den Schlupfkrabbler aufgespürt. Wenn ich das richtig verstanden habe, wird der Mobimec in die Höhle krabbeln und das Geheimnis lüften. Falls niemand etwas dagegen hat, werde ich als neutrale Person den Schlupfkrabbler aufziehen«, schlug Justus vor.

»Du?«, rief Caitlin. »Auf gar keinen Fall!«

Jeremy räusperte sich. »Ich halte es ehrlich gesagt

für eine gute Idee, wenn ein Außenstehender das übernimmt.«

»Typisch«, zischte Caitlin und drehte sich wieder um.

Jeremy nickte Justus auffordernd zu.

»Gibt es etwas Bestimmtes, was ich beachten muss?«

Jeremy schüttelte den Kopf. »Zieh ihn einfach auf und setz ihn vor die Öffnung der Höhle. Der Rest passiert von selbst.«

Der Erste Detektiv nickte und nahm den Mobimec in die eine, den Schlüssel in die andere Hand. Dann steckte er ihn in die Rückenöffnung und begann zu drehen.

Eine Botschaft für die Kopperschmidts

Als die Feder im Innern des Mobimecs gespannt war, setzte Justus ihn behutsam vor den Eingang des Plastikberges. Sofort tat der Schlupfkrabbler das, wofür er seinen Namen erhalten hatte: Surrend und klappernd krabbelte er in das Schlupfloch. Und war verschwunden.

»Und nun?«, fragte Peter. »Wir können ja gar nicht sehen, was er tut.«

»Wart's ab«, wisperte Jeremy.

Plötzlich flammte im Innern der Höhle eine kleine Glühlampe auf und schlagartig wurde der milchige Kunststoff durchsichtig. Nun konnten alle genau sehen, was der Schlupfkrabbler tat. Er war bis zu einem kleinen Bücherregal gekrochen, das sich im Innern der Höhle befand. Als es dort nicht mehr weiterging, verharrten seine Beine und er streckte die Arme von sich. Die Hände stießen dabei gegen einen winzigen Mechanismus und plötzlich fiel ein Miniaturbuch aus dem Regal und landete genau in seinen Armen. Dies wiederum löste einen Reflex aus: Der Schlupfkrabbler presste das Buch an seine Brust, drehte sich um und kroch zurück. Dabei streifte er ein weiteres Mal den Lichtschalter und es wurde wieder dunkel. Wenige Sekunden später krabbelte er aus der Höhle heraus und lief weiter, bis Justus ihn auffing, als er über die Tischkante kippte. Dort strampelte der Schlupfkrabbler noch eine Weile mit den Beinen, bis die Feder abgelaufen war und er stillstand.

»Beeindruckend«, sagte Justus und nahm dem kleinen blechernen Wesen das winzige Buch aus der Hand. »Ich nehme an, die Botschaft Ihres Vaters befindet sich in diesem Buch.« Er wollte es Jeremy reichen, doch der schüttelte den Kopf.

»Ich fände es besser, wenn du auch diese Aufgabe übernimmst.«

Auch Craig nickte ihm zu. Caitlin hingegen starrte ihn nur mit zusammengebissenen Zähnen an, sagte jedoch nichts.

Justus ignorierte ihre Ablehnung und hielt das kleine Buch dicht vor seine Augen. Es war nicht größer als eine Briefmarke, aber so liebevoll gestaltet, dass es tatsächlich wie die geschrumpfte Version eines dicken, ledergebundenen Wälzers wirkte. Justus schlug es auf. Die Schrift war winzig, er konnte sie gerade noch entziffern. Es standen nur wenige Worte auf jeder Seite, so musste der Erste Detektiv ständig mit spitzen Fingern blättern, während er den Text laut vorlas:

Es liegt schon lange Zeit zurück,
da schuf ich, fast durch pures Glück,
ein Meisterwerk, so wunderbar
und wertvoll, wie kein andres war.

Doch nun ziehn dunkle Wolken auf,
die Dinge nehmen ihren Lauf:
Der größte Feind, den ich je kannt',
hat mich nun fest in seiner Hand.
Ich weiß, dass er, dies ist sein Ziel,
mein Meisterwerk vernichten will.

Ihr könnt verhindern noch die Tat:
Die Schwarze Dame fragt um Rat!
Sie wird euch helfen, denn sie hat
den Schlüssel zum verborgnen Pfad.

Justus klappte das winzige Buch verwirrt zu. Er war nicht sicher, ob er alles verstanden hatte. Als er aufsah, rechnete er halb damit, in amüsierte, verärgerte oder enttäuschte Gesichter zu blicken. Doch in Craigs und Jeremys Augen spiegelte sich tiefe Bestürzung. Craig ließ sich auf seinen schweren Sessel fallen (was dazu führte, dass der Buchstützen-Mobimec automatisch nach vorn klappte und die mechanische Hand ihm seine Lektüre anbot), Jeremy stand da wie zur Salzsäule erstarrt, und Caitlin blickte ihren Brüdern zum ersten Mal direkt in die Augen, während sie sich an Georges Arm klammerte.

»Das kann nicht sein«, flüsterte sie. »Es ist alles *wahr?* Das … das ist …«

»Eine Katastrophe«, sagte Jeremy. »Was sollen wir jetzt tun?« Niemand antwortete.

Justus sah seine Freunde fragend an. Doch sie waren genauso ratlos wie er. Und auch Martha Lynn, George und Mr Quinn schienen nicht die geringste Ahnung zu haben, worum es ging. »Was ist denn eigentlich los, Craig?«, fragte Martha Lynn schließlich. »Was hat diese Nachricht zu bedeuten?«

»Sie bedeutet, dass Dad noch genialer ist, als wir uns bisher vorstellen konnten. Und dass er in großer Gefahr ist!«

»Er hat uns früher oft eine Geschichte erzählt«, fuhr Jeremy fort. »Von seinem Meisterwerk. Irgendetwas unendlich Wertvolles, das er mal erschaffen hat und seitdem hütet wie seinen Augapfel. Wir Kinder wollten natürlich immer wissen, was das genau für ein Gerät ist, ob ein Mobimec oder irgendwas anderes, aber er hat es uns nie erzählt. ›Später‹, hat er immer gesagt. ›Wenn ihr größer seid.‹ Aber als wir dann größer waren, glaubten wir natürlich nicht mehr an sein sagenumwobenes Meisterwerk. Wir dachten, es wäre einfach eine Geschichte gewesen, die er sich für uns Kinder ausgedacht hatte. Ein Märchen. Aber jetzt …«

»Jetzt hat es den Anschein, als gäbe es dieses Meisterwerk wirklich«, führte Justus den Satz zu Ende. »Und jemand plant, es zu vernichten. Haben Sie irgendeine Ahnung, um was es sich dabei handeln könnte? Die allerkleinste Idee?«

Jeremy schüttelte stumm den Kopf.

»Es ist ungeheuer kostbar«, sagte Craig schließlich. »Das ist das Einzige, was er immer wieder betont hat.«

»Was könnte das für ein Feind sein, von dem Ihr Vater spricht? Was ist mit der Schwarzen Dame? Wer könnte damit gemeint sein? Und was hat es mit dem verborgenen Pfad auf sich?«

Caitlin fuhr herum. »Mir reicht's jetzt! Ihr Burschen sollt verschwinden! Das geht euch alles überhaupt nichts an! Zurück auf euren Schrottplatz!«

Craig war wesentlich ruhiger, doch nicht weniger bestimmt, als er sagte: »Caitlin hat recht. Wir danken euch für eure Hilfe. Aber das ist eine Familienangelegenheit. Ihr solltet jetzt besser gehen.« Dann wandte er sich an Mr Quinn und George: »Ihr alle.«

»George bleibt!«, beharrte Caitlin.

»Nein, Caitlin. Das ist eine Sache nur zwischen uns.«

»Und was ist mit Martha Lynn? Sie gehört nicht zur Familie.«

»Sie ist meine Frau.«

»Pah! Das sagt gar nichts. Wenn George geht, geht Martha Lynn auch!«

Craig rang mit sich, dann sagte er zu seiner Frau: »Martha Lynn, würde es dir etwas ausmachen …«

»Aber nein! Natürlich nicht. Beredet nur, was immer ihr zu bereden habt! Ich bringe unsere Gäste nach draußen.«

Zwei Minuten später gingen die drei ??? mit Anthony Quinn, George und Martha Lynn durch den Garten der Kopperschmidts zur Straße.

»Und Sie haben auch keine Ahnung, was diese seltsame Botschaft zu bedeuten hat?«, fragte Justus Craigs Frau.

Sie schüttelte den Kopf. »Und ich glaube, es ist auch besser so.«

»Sind Sie denn gar nicht neugierig?«

»Nein. Und ihr solltet es auch nicht sein. Ich habe Craig noch nie so erlebt. Er hat seine Gründe dafür, dass er uns nicht mehr erzählt.«

»Es klang so geheimnisvoll«, murmelte Justus. »Und Geheimnissen kann ich nur schwer widerstehen. Ich würde wirklich gern wissen –«

»Hast du nicht zugehört, Junge?«, fauchte George plötzlich. »Es geht dich nichts an! Fahr nach Hause und lös Kreuzworträtsel!«

Peter und Justus wollten gleichzeitig etwas erwidern, doch Mr Quinn kam ihnen zuvor. »Es ist schon gut, Jungs. Ihr habt getan, was ihr konntet. Aber alles andere ist nun nicht mehr eure Sache. Ich werde jetzt nach Hause fahren und den Dingen ihren Lauf lassen. Und ihr solltet das auch tun.«

»Den Dingen ihren Lauf lassen!«, knurrte Justus, als sie eine halbe Stunde später zurück in der Zentrale waren. »Das ist doch nur eine höfliche Form, uns mitzuteilen, dass wir draußen sind. Ich kann es nicht glauben! Dabei waren wir so gut! Wir haben das Rätsel gelöst, wir haben die Familie Kopperschmidt zusammengeführt … und dann werden wir einfach aus dem Haus und damit aus dem ganzen Fall geworfen.«

»Wir werden es überleben«, war Peter überzeugt. Er musste sich zusammennehmen, um seine Erleichterung nicht allzu deutlich zu zeigen.

»Und wenn wir doch weitermachen?«, überlegte Justus laut. »Auf eigene Faust?«

»Just!«, sagte Bob mahnend. »Die Kopperschmidts waren eindeutig dagegen! Das wäre nicht okay.«

Der Erste Detektiv seufzte. »Hast ja recht.« In dieser Sekunde klingelte das Telefon. Justus schaltete den Verstärker ein und nahm ab. »Justus Jonas von den drei Detektiven?«

»Hallo, Justus«, sagte eine leise Stimme. »Hier spricht Jeremy.«

»Jeremy! Das ist eine Überraschung. Wir hatten nicht gedacht, dass wir noch einmal von Ihnen hören. Ist die Familiensitzung schon zu Ende?«

»Nein. Sie ist in vollem Gange«, raunte Jeremy. Dann schien er den Telefonhörer in eine andere Richtung zu halten. Die drei ??? hörten ein erregtes Stimmengewirr. Craig und Caitlin waren deutlich herauszuhören. Die drei ??? konnten nicht ausmachen, worum genau es ging, aber eines war klar: Sie stritten heftig. »Ich bin noch bei Craig«, fuhr Jeremy fort. »Hört zu, ich habe nicht viel Zeit. Die anderen wissen nicht, dass ich bei euch anrufe. Es tut mir leid, dass Craig und Martha Lynn euch rausgeschmissen haben, das war nicht meine Idee. Ich möchte euch nur bitten, in der Angelegenheit weiter am Ball zu bleiben. Ihr habt die Höhle des Schlupfkrabblers gefunden, vielleicht schafft ihr es auch, den Rest des Rätsels zu lösen. Natürlich nur, wenn ihr noch wollt.«

»Selbstverständlich wollen wir!«, sagte Justus schnell. »Aber ich dachte, das sei ab jetzt eine Familienangelegenheit. Wieso sind Sie da anderer Meinung als Ihre Geschwister, wenn ich fragen darf?«

»Weil ich weiß, dass Craig und Caitlin es nicht schaffen werden, eine vernünftige Unterhaltung zu führen. Von einer Zusammenarbeit ganz zu schweigen. Ich glaube nicht, dass wir ohne eure Unterstützung meinem Vater helfen können. Aber das müssen die anderen ja nicht wissen.«

»In Ordnung, Jeremy, wir helfen Ihnen. Aber es wäre gut, wenn wir etwas mehr über dieses geheime Meisterwerk Ihres Vaters erfahren könnten.«

»Ich weiß selbst nicht mehr«, gestand Jeremy. Dann, mit gesenkter Stimme: »Ich glaube, da kommt jemand. Ich muss Schluss machen. Fragt die Schwarze Dame!«

»Aber wer ist denn die –«, begann Justus, doch da hatte Jeremy bereits aufgelegt. Der Erste Detektiv drehte sich zu seinen Freunden um. Ein Grinsen schlich sich auf sein Gesicht. »Tja, Kollegen. Ich würde sagen, wir sind wieder drin.«

»Es gibt Neuigkeiten!«, rief Bob, als er am nächsten Nachmittag die Zentrale betrat.

»Hast du etwas herausgefunden?«, fragte Justus neugierig.

»Allerdings, habe ich. Ich war im Zeitungsarchiv. Es gibt ein paar kleine Artikel über die Firma Kopperschmidt. In einem ging es um ein Firmenjubiläum und auf einem Foto waren alle damaligen Mitarbeiter abgebildet. Unter dem Bild standen die Namen. Die habe ich mir rausgeschrieben und die Vermittlung angerufen.«

»Und?«

»Auf die Schnelle habe ich fünf ehemalige Kopperschmidt-Angestellte erreicht. Die anderen kriegen wir mit etwas Geduld vielleicht auch noch zu fassen, aber das ist möglicherweise gar nicht nötig.«

»Warum nicht? Weißt du schon alles?«

Bob schüttelte den Kopf. »Aber es zeichnet sich ein Trend ab: Absolut niemand konnte mir etwas über Kopperschmidts Meisterwerk erzählen. Einige fanden ein paar von seinen Spielzeugen zwar gelungener als andere, aber *das* Meisterwerk, das eine, das alle anderen übertrifft, scheint es nicht zu geben. Zumindest war in der Firma Kopperschmidt nie die Rede davon.«

Justus war enttäuscht. Er hatte sich mehr erhofft. »Gibt es auch gute Nachrichten?«

Bob nickte eifrig. »Alle, die ich angerufen habe, wussten, wer die Schwarze Dame ist.«

»Aha! Nämlich wer?«

»Die ehemalige Sekretärin und Buchhalterin von Felix Kopperschmidt. Ihr Name ist Virginia Loughlin. Sie war so etwas wie die gute Seele der Firma, die sich um alles und jeden gekümmert hat. Aufgrund ihrer bevorzugten Kleidung wurde sie immer nur die Schwarze Dame genannt.«

»Und du weißt wahrscheinlich auch schon, wo sie wohnt«, vermutete Peter.

»Aber sicher. In Brentwood.«

»Großartig, Bob!« Justus' Enttäuschung war verflogen. »Das war hervorragende Arbeit. Dann verlieren wir am besten keine Zeit. Die Schwarze Dame wartet!«

Virginia Loughlin lebte in einer kleinen Wohnung am Rande von Brentwood, gleich hinter Santa Monica. Als die drei ??? vor ihrer Tür standen, öffnete sie diese nur einen Spalt. Sie hatte eine Sicherheitskette vor die Tür gelegt. Die drei ??? sahen nur die Hälfte ihres Gesichts.

»Ja bitte?«

»Guten Tag, wir sind die drei Detektive«, sagte Justus. »Sind Sie Virginia Loughlin?«

»Die bin ich. Worum geht es?«

»Um Felix Kopperschmidt. Sie haben früher für ihn gearbeitet und –«

»Das ist ja ein Ding!«, sagte Mrs Loughlin verblüfft und schloss die Tür, um sie gleich darauf vollends zu öffnen. Sofort wurde klar, warum jedermann sie unter dem Namen ›Schwarze Dame‹ kannte: Sie war nicht nur ganz in Schwarz gekleidet, auch ihr Haar glänzte rabenschwarz und war nur an wenigen Stellen von silberweißen Strähnen durchzogen. Ihr Gesicht hatte etwas Vornehmes, fast Aristokratisches. Eine schwarze Perserkatze schmiegte sich eng an ihre Beine und schnurrte. »Ihr seid nicht die Ersten, die mich heute wegen Felix aufsuchen.«

»Tatsächlich?«, fragte Justus. »Dann nehme ich an, dass seine drei Kinder heute schon bei Ihnen waren?«

»Zwei von ihnen«, sagte Mrs Loughlin. »Craig und Jeremy. Aber woher wisst ihr das alles?«

»Dürfen wir reinkommen, Madam?«, bat Justus. »Dann können wir Ihnen die Geschichte erklären.«

Mrs Loughlin zögerte nicht. Die drei Detektive betraten ihre Wohnung und nahmen im Wohnzimmer Platz. Sofort fiel Peter eine kleine Metallfigur auf, die auf einem Schreibtisch stand. Unter einem Arm trug sie eine Kiste, den anderen hielt sie mit offener Hand ausgestreckt. In ihrem Rücken steckte ein Schlüssel. »Ein Mobimec?«, fragte er.

»Ja. Felix hat ihn mir geschenkt, als ich die Firma verließ. Das ist der Spitzendreher. Im Grund nichts weiter als ein Bleistiftanspitzer, aber sehr niedlich. Felix hat ihn extra für mich gebaut. Aber nun erzählt, warum ihr hier seid!«

Justus berichtete, wie die drei Detektive auf den Fall Kopperschmidt gestoßen waren und was sich am vorigen Abend ereignet hatte. Er verschwieg nichts, da er davon ausging, dass Mrs Loughlin ohnehin schon alles wusste. Und tatsächlich nickte sie die meiste Zeit und stellte keine Fragen.

»In Ordnung«, sagte sie schließlich. »Was ich nur nicht verstanden habe: Warum beschäftigt euch diese Geschichte so? Und was wollt ihr von mir?«

»Am Anfang war es nur die Neugier, die uns trieb«, gestand Justus. »Wir waren fasziniert von Felix Kopperschmidt und seiner Arbeit. Aber seit gestern haben wir einen Auftraggeber: Jeremy bat uns, Sie aufzusuchen und die Sache weiterzuverfolgen. Sie scheinen der Schlüssel zum Geheimnis um Felix Kopperschmidts Meisterwerk zu sein. Deshalb sind wir hier.«

»Hm«, machte die Schwarze Dame und legte nachdenklich den Zeigefinger an die Lippen. Offenbar war sie unschlüssig, ob sie die drei Detektive mit den Informationen versorgen sollte, die sie hatte, oder nicht. »Ihr wisst, dass euch das alles eigentlich gar nichts angeht, oder?«

»Wir wissen, dass es eine Familienangelegenheit ist«, wich Justus der Frage aus. »Aber die Erfahrung hat mich gelehrt, dass ein Unbeteiligter manchmal mehr erreichen kann, da ihm die innerfamiliären Konflikte, die es bei den Kopperschmidts offensichtlich gibt, nicht den Weg der Logik versperren.«

Die Schwarze Dame nickte und streichelte geistesabwesend ihre Katze, die sich neben ihr auf dem Sofa zusammengerollt hatte. Schließlich sagte sie: »Vielleicht hast du recht. Also schön. Ich werde euch die Geschichte von Felix Kopperschmidt und seinem Meisterwerk erzählen.«

Ein Auftrag für die Schwarze Dame

»Felix und ich hatten immer schon ein enges Verhältnis zueinander. Er hat mir vertraut, wenn es um die Firma ging, und er vertraute mir auch in anderen Dingen. Eines Tages weihte er mich in ein Geheimnis ein. ›Virginia‹, sagte er, ›ich muss dich um einen Gefallen bitten. Es ist ungeheuer wichtig. Möglicherweise kommt irgendwann der Tag, an dem ich spurlos verschwinden werde. An dem ich untertauchen muss.‹ Ich wollte natürlich wissen, was er damit meinte, aber er wollte nicht ins Detail gehen. Er sagte nur, es habe mit seinem Meisterwerk zu tun. Dass er es um jeden Preis beschützen müsse. Und dass er dafür vielleicht eines Tages meine Unterstützung benötigen würde. ›Es gibt nur drei Menschen, die mir im Ernstfall wirklich helfen können‹, sagte er. ›Meine Kinder. Deshalb möchte ich, dass du mir einen Gefallen tust, Virginia. Falls ich eines Tages ohne jede Erklärung verschwinden sollte, dann schick meinen Kindern diese drei Pakete!‹«

»Das waren vermutlich die Pakete, in die Mr Kopperschmidt den Schlupfkrabbler, die Anne und Beine und den Schlüssel gelegt hatte«, meinte Bob.

»Genau. Sie befanden sich jahrelang in meinem Besitz und ich habe meine Aufgabe nie vergessen. Felix und ich waren immer in Kontakt – bis mich seine Kinder anriefen, um mir mitzuteilen, dass er schon seit Wochen spurlos verschwunden war. Das war mein Signal. Also habe ich die Pakete losgeschickt.«

»So weit, so gut«, sagte Justus. »Aber worum geht es nun wirklich? Was hat Felix Kopperschmidt so Bahnbrechendes erschaffen? Wer weiß sonst noch davon? Und warum soll es vernichtet werden? Von wem?«

»Das kann ich euch leider nicht sagen«, antwortete Mrs Loughlin. Doch Justus entging der seltsame Unterton in ihrer Stimme keineswegs.

»Weil Sie es nicht wissen oder weil Sie es uns nicht sagen wollen?«, hakte er nach.

»Beides«, antwortete sie geheimnisvoll. »Ich weiß nicht alles. Und das, was ich weiß, ist nicht für jedermann bestimmt.«

»Bedenken Sie, dass Mr Kopperschmidt möglicherweise in großer Gefahr ist«, sagte Justus.

Seltsamerweise lächelte die Schwarze Dame. »Ihr nehmt euer Detektivspiel sehr ernst, nicht wahr?«

»Es ist kein Spiel«, sagte Justus. »Jedenfalls in den seltensten Fällen. Wir sind lieber ein wenig übervorsichtig, anstatt den Dingen mit Leichtsinn zu begegnen.«

Mrs Loughlin nickte. »Eine kluge Lebenseinstellung. Ihr müsst nur achtgeben, dass euch dabei der Spaß und die Leichtigkeit nicht abhandenkommen.«

»Vielen Dank für den Tipp, aber gehe ich recht in der

Annahme, dass Sie gerade versuchen, uns vom Thema abzulenken, Mrs Loughlin?«, fragte Justus.

»Durchaus nicht. Es sei denn, wir sprechen über verschiedene Dinge.«

»Ich spreche über Felix Kopperschmidt und dass er möglicherweise in Schwierigkeiten steckt.«

»Und was wollt ihr dagegen tun?«

»Na, ihn retten!«, mischte sich nun Peter ein. »Und wenn Sie etwas wissen, das uns helfen könnte, dann sollten Sie es uns besser mitteilen!«

Wieder schwieg die Schwarze Dame lange Zeit. »Ich weiß etwas. Besser gesagt: Ein Hinweis befindet sich in meinem Besitz. Doch der ist eigentlich nicht für euch bestimmt.«

»Sondern für die drei Geschwister«, mutmaßte Justus. »Von denen heute jedoch nur zwei bei Ihnen waren.«

»Ganz recht. Felix hatte einen zweiten Auftrag für mich. Erst sollte ich die Päckchen abschicken. Danach sollte ich Craig, Jeremy und Caitlin etwas geben.«

»Einen weiteren Mobimec?«, vermutete Justus.

»Richtig. Es war Felix jedoch wichtig, dass alle drei anwesend sein mussten. Das waren sie heute nicht. Caitlin fehlte.«

»Wissen Sie, warum?«, fragte Bob.

»Sie haben sich gestern, nachdem ihr weg wart, fürchterlich gestritten. Caitlin zog es vor, heute nicht noch einmal mit ihren Brüdern zusammenzutreffen.«

»Also haben Sie den beiden den Mobimec nicht gegeben.«

»Ganz genau. Er ist immer noch hier in meiner Wohnung. Und ich frage mich …« Sie verstummte.

»Was?«, fragte Justus lauernd.

»Ich frage mich, ob Felix nicht auf seltsame Weise *euch* meinte, als er von ›den dreien‹ sprach.«

»Uns?«, wiederholte Peter. »Aber er kennt uns doch gar nicht!«

»Das weiß ich. Aber vielleicht war die Zahl Drei viel wichtiger als der Umstand, dass es seine drei Kinder sind. Möglicherweise können drei Personen etwas bewirken, bei dem zwei zum Scheitern verurteilt wären.«

»Ich bin mir nicht sicher«, murmelte Justus, »aber ich hatte den Eindruck, dass seine Kinder schon eine große Rolle bei der ganzen Sache spielen.«

»Da hast du ganz bestimmt recht, Justus«, stimmte Mrs Loughlin zu. »Aber wie wir sehen, können seine Kinder ihm nicht helfen. Sie sind zerstritten. Nur zu zweit. Deshalb werde ich nun etwas tun, was möglicherweise ein großer Fehler ist. Oder auch genau das Richtige. Ich werde euch den Mobimec geben.«

Für einen Augenblick waren die drei Detektive sprachlos. Damit hatte niemand gerechnet. Virginia Loughlin erhob sich und ging in den Nebenraum. Als sie zurückkam, hielt sie einen würfelförmigen Kasten mit dem Kopperschmidt-Emblem in den Händen. Sie reichte ihn dem Ersten Detektiv. »Das ist der Pfadfinder.«

Justus nahm die Schachtel entgegen, ohne sie zu öffnen. »Was tut er?«

Sie lächelte. »Er findet den verborgenen Pfad, der euch zur Lösung des Rätsels führen wird. Das ist das Einzige, was ich euch sagen kann. Und um deine nächste Frage gleich mitzubeantworten, Justus: Es ist auch das Einzige, was ich weiß.«

»Nun … vielen Dank.«

»Bedank dich besser nicht. Ich habe keine Ahnung, ob ich das Richtige tue. Aber ihr drei scheint schlaue Burschen zu sein. Vielleicht schafft ihr das, wozu Caitlin, Craig und Jeremy allein nicht in der Lage sind.«

Während ihres Besuchs bei Mrs Loughlin waren dunkle Wolken aufgezogen. Die Luft roch nach Regen. Die drei ??? beeilten sich, nach Hause zu kommen. Auf der Fahrt waren sie sehr schweigsam. Mrs Loughlin hatte einen bleibenden Eindruck bei ihnen hinterlassen. Und Justus wurde das Gefühl nicht los, dass sie die Hälfte der Zeit über etwas ganz anderes geredet hatte, als die drei ??? dachten.

Schließlich, als sie am roten Turm vorbeikamen, den Peter vor zwei Tagen erklommen hatte, brach Bob das Schweigen. »Eines verstehe ich nicht.«

»Nur eines?«, fragte Peter. »Ich bin beeindruckt. Also, ich verstehe eine ganze Menge nicht.«

»Eines verstehe ich *besonders* nicht: Warum veranstaltet Felix Kopperschmidt dieses Versteckspiel? Warum teilt er seiner ehemaligen Sekretärin oder seinen Kindern nicht direkt mit, worum es geht? Von welchem Meisterwerk ist die Rede und wer sind seine Feinde?«

»Ich nehme an, er wollte verhindern, dass diese Informationen in falsche Hände geraten«, sagte Justus. »Nur jemand, der sich in der wunderbaren Welt der Mobimecs genauso sicher und selbstverständlich bewegt wie er selbst, sollte das Geheimnis lüften können. Das hängt vermutlich direkt mit seinem Meisterwerk zusammen. Aber das alles werden wir erst mit Sicherheit wissen, wenn wir das Rätsel gelöst haben.«

Justus hatte das Kästchen, das sie von Mrs Loughlin erhalten hatten, noch immer nicht geöffnet. Doch er konnte es kaum noch abwarten und die innere Spannung ließ ihn schneller in die Pedale treten als jemals zuvor.

Sie schafften es gerade noch rechtzeitig, bevor der Regen einsetzte. Kaum hatten sie die Zentrale betreten, prasselten auch schon die Tropfen auf das Dach.

»Jetzt aber!«, sagte Peter ungeduldig. »Mach diesen Kasten auf, Just, oder ich platze vor Neugier.«

»Das würde ich gerne mal sehen«, antwortete der Erste Detektiv bemüht gelassen, doch es gelang ihm kaum, seine eigene Aufregung zu verbergen. Das hier war genau nach seinem Geschmack: ein geheimnisvolles Kästchen. Ein Rätsel. Ein Pfad, den sie finden mussten. Was mochte dahinterstecken? Was hatte der Spielzeugmacher für ein Geheimnis?

Justus löste das Paketband, mit dem die Kiste verschnürt war, und öffnete den Deckel.

Sorgsam in Holzwolle verpackt lag dort eine kleine Figur, die dem Schlupfkrabbler nicht unähnlich war: In ihrem Rücken gab es eine sternförmige Schlüsselöffnung. Arme und Beine hatten eine ähnlich feine Mechanik wie beim Schlupfkrabbler, nur schien dieses Geschöpf nicht loskrabbeln zu wollen. Es stand einfach da. Der zweite große Unterschied waren die Augen: Der Pfadfinder hatte zwei riesige Plastikscheiben als Augen, die dem Gesicht einen lustigen gehetzten Ausdruck verliehen. Er sah dadurch ein bisschen aus wie eine entsetzte Cartoonfigur aus den Zeichentrickserien am Samstagmorgen. Justus vermutete, dass die Augen leuchteten, sobald man den Mobimec in Gang setzte.

»Sehr hübsch«, fand Peter. »Ich bin gespannt, was er macht, wenn er in Aktion ist. Liegt der Schlüssel in der Kiste?«

Bob war schon dabei, die Holzwolle zu durchwühlen. Einen Augenblick später hielt er den Schlüssel triumphierend in der Hand. »Bitte sehr!«

Justus nahm ihn entgegen, steckte ihn in die Öffnung und zog den Mobimec vorsichtig auf. Dann stellte er ihn auf die Schreibtischplatte. Sofort setzte sich der Pfadfinder in Bewegung: Rasselnd beugte er sich leicht vor, hob den rechten Arm und beschirmte seine riesigen Augen. Dann drehte er leicht den Kopf hin und her, als hielte er nach etwas Ausschau. Nach einer Weile bewegten sich auch seine Beine. Trippelnd machte er eine Drehung um neunzig Grad und blickte wieder suchend in die Ferne.

»Was tut er denn da?«, fragte Peter.

»Er sucht den Pfad«, interpretierte Bob die Bewegung des Spielzeugs. »Schließlich ist er ein Pfadfinder.«

Der Mobimec setzte seine Suche fort: Alle paar Sekunden drehte er sich um weitere neunzig Grad, bis er scheinbar die ganze Zentrale abgesucht hatte. Nach und nach wurden seine Bewegungen langsamer, bis der Schlüssel in seinem Rücken schließlich aufhörte, sich zu drehen. Die Figur richtete sich wieder kerzengerade auf und ihr Arm erschlaffte. Sie stand so still und regungslos wie am Anfang.

»Toll«, sagte Peter.

Bob und Justus sahen ihn fragend an.

»Nein, wirklich, ich finde dieses Kopperschmidt-Spielzeug richtig toll. Aber was bringt uns das? Sind wir jetzt irgendwie schlauer?«

Justus schüttelte den Kopf und zog den Mobimec gleich noch einmal auf. Wieder hielt der Pfadfinder nach etwas Ausschau und drehte sich dabei um seine eigene Achse. Wieder sahen die drei Detektive ihm dabei fasziniert zu. Wieder waren sie am Ende genauso ratlos wie vorher. »Ich sage es nur ungern«, begann Justus, »aber es ist mir ein Rätsel, wie uns der Pfadfinder weiterhelfen soll.«

»Es scheint fast, als bräuchten wir ähnlich wie beim Schlupfkrabbler noch ein weiteres Teil, das uns bisher fehlt«, überlegte Bob.

»Das wäre möglich. Und fatal. Denn wo sollten wir diesen zweiten Baustein auftreiben?«

Bevor jemand antworten konnte, lenkte ein schepperndes Geräusch die Aufmerksamkeit der drei Detektive auf den Schrottplatz. Sie blickten aus dem Fenster in den strömenden Regen. Das Gelände war menschenleer. Wegen des schlechten Wetters hatte Tante Mathilda das Eingangstor bereits zehn Minuten vor Feierabend geschlossen. Die Erfahrung hatte gezeigt, dass bei Regen niemand Lust hatte, im Trödel zu stöbern.

Doch heute schien Mathilda Jonas sich geirrt zu haben: Auf der anderen Seite des Tores standen zwei Gestalten, die nur undeutlich zu erkennen waren, und rüttelten daran.

»Da will noch jemand was kaufen«, sagte Peter. »Die sind aber hartnäckig. Die sehen doch, dass das Tor geschlossen ist.«

»Ich glaube nicht, dass das Kunden sind«, murmelte

Justus, plötzlich von einer gewissen Ahnung gepackt. Er griff nach seiner Jacke und stolperte hinaus in den Regen. Bob und Peter folgten ihm neugierig.

»Caitlin!«, rief Justus, als er die Frau am Tor erkannte. Neben ihr stand ihr Freund George. Beide blickten ihm grimmig entgegen. »Das ist aber eine Überraschung! Ich hatte nicht gedacht, dass wir uns so bald wiedersehen.«

»Spar dir deine Sprüche, Justus!«, giftete sie. »Ich war gerade bei Virginia. Sie hat mir erzählt, dass ihr sie besucht habt. Und dass sie euch etwas gegeben hat, was eigentlich für mich bestimmt war. Ich will es zurück!«

»Moment mal!«, bremste Justus ihren Eifer. »Für Sie bestimmt? Mrs Loughlin stellte die Angelegenheit etwas anders dar.«

»Das ist mir völlig egal! Was immer sie euch gegeben hat, es gehört meinem Vater und hat bei euch nichts zu suchen!«

»Mrs Loughlin hat einen Auftrag von Ihrem Vater bekommen«, widersprach Justus. »Als sie uns das Objekt gab, auf das Sie anspielen, handelte sie nur in seinem Auftrag.«

»Hör mal, Bursche«, meldete sich nun George zu Wort. »Wir sind nicht hier, um zu diskutieren! Gib uns das Ding zurück, und zwar ein bisschen plötzlich!«

»Verzeihen Sie, Sir«, antwortete Justus mühsam beherrscht, »aber um etwas zurückgeben zu können, hätten Sie es wenigstens einmal besitzen müssen. Und nun entschuldigen Sie uns, wir haben noch zu tun.« Er wandte sich zum Gehen um.

»Bleib stehen!«, brüllte Caitlin. Sie war so in Rage,

dass Justus es sich tatsächlich noch einmal anders überlegte und zum Tor zurückkehrte. »Wenn du mir nicht augenblicklich mein Eigentum zurückgibst, werde ich dich anzeigen!«

»Tun Sie, was Sie nicht lassen können.«

»Du wirst einen Riesenärger bekommen, Junge«, drohte George.

»Ganz wie Sie meinen.«

Caitlin setzte zu einer Erwiderung an, schwieg dann jedoch verbissen. Schließlich wirbelte sie wutentbrannt herum. »Komm, George!«, zischte sie und ging zurück zu ihrem Auto. Dort drehte sie sich noch einmal um und rief: »Das werdet ihr bereuen!« Sie stieg ein, wartete kaum, bis George die Beifahrertür zugezogen hatte, und startete den Motor. Die Scheinwerfer flammten auf und blendeten Justus so stark, dass er seine Hand vor die Augen halten musste. Dann wendete der Wagen und schoss davon.

»Mannomann, die war vielleicht sauer«, sagte Peter.

»Wenn sie nicht gleich so ruppig gewesen wäre, hätte Justus vielleicht mit sich reden lassen«, meinte Bob. »Nicht wahr, Just?«

Der Erste Detektiv reagierte nicht. Er blickte noch immer Caitlins Wagen hinterher. Dann drehte er sich um und eilte zurück zur Zentrale.

»He, Just! Was ist denn los mit dir?«

»Ich habe eine Idee!«, rief Justus über die Schulter zurück.

Eine Lampe für den Pfadfinder

Mehr erfuhren Bob und Peter erst, als sie wieder im Trockenen saßen und den Ersten Detektiv erwartungsvoll anstarrten. »Was für eine Idee?«, wollte Bob wissen.

»Ich bin darauf gekommen, als mich die Scheinwerfer von Caitlins Wagen blendeten«, sagte Justus und tippte auf das Gesicht des Pfadfinders. »Die Augen. Es sind riesengroße Plastikscheiben. Findet ihr das nicht sehr auffällig? Sehen sie nicht aus, als wären sie für irgendetwas Bestimmtes konstruiert worden? Ich hatte erst gedacht, sie würden leuchten oder blinken, wenn man den Mobimec aufzieht. Aber das tun sie nicht.«

»Na und?«

»Wäre es nicht möglich, dass es Sensoren sind? Sensoren, die auf etwas reagieren?«

»Auf etwas reagieren?«, wiederholte Peter. »Wie jetzt?«

»Es könnte doch sein, dass der Pfadfinder etwas Bestimmtes *sehen* muss, damit er sein Geheimnis offenbart. Schließlich ist er auf der Suche.«

»Du … du meinst, dass dieses Spielzeug wirklich *sehen* kann?«, fragte Bob fasziniert.

»Nein, natürlich nicht. Aber ich halte es für technisch durchaus machbar, dass die Augen zum Beispiel auf eine bestimmte Farbe reagieren. Oder auf Helligkeit. Oder auf Bewegung.«

»Wenn du meinst …«

»Es ist auf jeden Fall einen Versuch wert«, sagte Justus und zog eifrig den Mobimec ein weiteres Mal auf.

Wieder hielt die kleine Figur nach etwas Ausschau, während sie sich drehte. Doch diesmal wedelte Justus vor ihren großen Augen herum. Nichts passierte. Dann zog der Erste Detektiv die Schreibtischlampe zu sich heran, richtete sie auf den Mobimec und schaltete sie ein.

Der Pfadfinder riss plötzlich den linken Arm hoch und bedeckte mit beiden Händen das Gesicht, als wäre er geblendet. Gleichzeitig zuckte sein Oberkörper zurück. Das brachte ihn aus dem Gleichgewicht und er kippte nach hinten und fiel auf den Rücken. Als er mit dem Hinterkopf aufschlug, sprang eine kleine verborgene Klappe in seinem Schädel auf und ein winziger Vogel schoss heraus, wippte an einer Feder hin und her und zwitscherte einmal kurz. Dann erstarrte der Mobimec wieder in Bewegungslosigkeit, nur der Vogel wackelte noch ein wenig.

Die drei ??? brachen in schallendes Gelächter aus.

»Das war so ziemlich das Beklopptеste, was ich je gesehen habe«, kicherte Peter. »Mach das noch mal!«

Justus bemühte sich, wieder ernst zu werden. »Ich gebe zu, auch ich bin amüsiert, aber wir sollten uns jetzt auf das Wesentliche konzentrieren.« Er nahm den Pfadfinder zur Hand und untersuchte ihn. In der Öffnung, aus der der Vogel gekommen war, steckte ein kleiner Zettel. »Wer sagt's denn.«

»Justus, du bist ein Genie«, meinte Peter.

»Ich weiß.« Der Erste Detektiv faltete den versteckten Zettel auseinander. In der ihm bereits bekannten winzigen Handschrift von Felix Kopperschmidt stand dort:

Es ist schon ziemlich lange her,
da fuhr ein junger Mann aufs Meer,
um von Karthago fortzugehn
nach Rom und dort die Welt zu sehn.

Doch seine fromme Mutter war
nicht glücklich, wie ein jeder sah.
Sie war vom Wunsche nur beseelt,
dass ihrem Sohn es an nichts fehlt,
dass er zum Glauben übertritt,
sich taufen lässt und keinen Schritt
mehr ohne Gottes Segen wagt
und allem Laster schnell entsagt.
So wie einst schon ihr Ehemann
es auf ihr Drängen hin getan.
Sie weinte jeden Tag um ihn
und betete auf wunden Knien.

Ihr Flehen wurde bald erhört,
ihr Sohn getauft und auch bekehrt.
Und viele Jahre später dann
wurde aus ihm ein heil'ger Mann.
Und auch die Mutter wurd' ernannt
zur Heiligen und weltbekannt.
Benannt nach ihr ist eine Stadt,
die Engel in der Nähe hat.

Fahrt nun an diesen Ort und geht
zur Kirche, die am Wasser steht.
Sie wurd' benannt nach ihrem Sohn,
steht mehr als hundert Jahre schon.
Gleich bei den Kerzen findet ihr
das nächste kleine Stück Papier.

»Wow«, sagte Peter, nachdem Justus den Text vorgelesen hatte. »Das ist wirklich eine super Geschichte. Nur leider sagt sie mir gar nichts.«

»Tja«, murmelte Justus und zupfte an seiner Unterlippe, während er den Text noch einmal durchging. »Um ehrlich zu sein, ist auch mir schleierhaft, was gemeint ist. Es geht um eine Kirche, so viel scheint klar zu sein. Eine Kirche, die nach dem Sohn in dieser Geschichte benannt wurde. Ein Heiliger.«

»Dummerweise sind so ziemlich alle Kirchen nach Heiligen benannt«, warf Bob ein. »Jedenfalls ziemlich viele. Woher sollen wir wissen, welche gemeint ist?«

»Indem wir herausfinden, um welche Personen es in diesem Gedicht geht«, sagte Justus und wandte sich damit an den dritten Detektiv. »Mutter und Sohn. Beide heilig gesprochen. Hast du irgendeine Idee?«

»Ich? Wieso denn ich? Du bist hier das Genie.«

»Ich meine eine Idee, wie wir es herausfinden können.«

»Tja«, murmelte Bob. »Es gibt Bücher über Heilige. Richtige Lexika. Ich glaube, ich habe kürzlich sogar bei euch auf dem Schrottplatz eines gesehen.«

»Tatsächlich?«

Bob nickte.

Justus stand auf und sah seine Freunde auffordernd an. »Nun kommt schon!«

»Sollen wir jetzt etwa dieses Buch suchen?«, fragte Peter. »Weißt du, wie viele Bücher hier auf dem Schrottplatz liegen? Ich tippe mal auf etwa fünfhundert Millionen.«

»Dann ist es umso wichtiger, dass ihr mir bei der Suche helft.« Fünf Minuten später hockten die drei

Detektive zwischen den Bücherkisten, die regensicher unter einem Wellblechdach untergebracht waren, und wühlten sich durch die Bestände.

»Wie sieht dieses Lexikon denn aus, Bob?«, fragte Peter.

»Wie ein Buch«, antwortete Bob. »So mit vielen Seiten zwischen zwei Deckeln.«

»Sehr witzig.«

Es dauerte eine weitere halbe Stunde, bis Bob schließlich »Heureka!« schrie und einen dicken, verstaubten alten Wälzer in den Händen hielt. »Hier ist es. Siehst du, Peter: viele Seiten zwischen zwei Deckeln. Ich habe mich also nicht getäuscht.« Eilig zogen sie sich in die Zentrale zurück und nahmen das Buch näher unter die Lupe.

»Sieht ein bisschen so aus wie das Buch, in dem Craig gelesen hat, als wir ihn besuchten«, bemerkte Bob und begann zu blättern. Doch schon nach wenigen Seiten ließ er es frustriert sinken. »Was ist, Bob?«

»In diesem Buch stehen Hunderte von Heiligen! Tausende! Ich hatte keine Ahnung, dass es so viele gab! Abel, Abraham, Absalom, Achatius, Achilleus, Adalar, Adalbald, Adalbero und allein drei Adalberts. Und die allein auf den ersten drei Seiten. Wie sollen wir denn hier nun die richtigen finden? Wir können doch unmöglich das ganze Buch durchlesen!«

Auch Justus warf einen Blick in die Seiten, gab jedoch genauso schnell auf wie Bob. »Okay, wir müssen es auf anderem Wege versuchen. Im Rätsel heißt es, dass eine Stadt nach der Heiligen benannt wurde. Da alle drei Kopperschmidt-Kinder hier in der Gegend wohnen und auch der rote Turm ganz in der Nähe war, ist es doch nahe liegend, anzunehmen, dass der gesuchte Ort sich ebenfalls irgendwo im Umkreis von Rocky Beach befindet.« Dann hatte er einen Geistesblitz: »Na klar! Hier steht doch: ›Benannt nach ihr ist eine Stadt, die Engel in der Nähe hat.‹ Engel! Damit ist Los Angeles gemeint, die Stadt der Engel! Also, wie viele Städte in der Nähe fallen euch ein, die nach Heiligen benannt wurden?«

»Keine einzige«, sagte Peter.

»Eine ganze Menge«, erwiderte Bob. »Santa Barbara, Santa Monica, Santa Clarita, Santa Ana, Santa Rosa, wobei das eine Insel ist …«

»Na klar! Santa heißt ja nichts anderes als ›Heilige‹«, fiel es Peter ein.

»Was du nicht sagst, Zweiter«, kommentierte Justus trocken und schlug das Buch nun gezielter auf. Als Erstes überflog er den Text über die heilige Barbara. »Also, die heilige Barbara hatte eine Menge Stress. Sie ließ sich gegen den Willen ihres Vaters taufen und wurde daraufhin gefoltert und so. Aber alle, die ihr irgendwas anhaben wollten, wurden entweder vom Blitz getroffen oder in Stein verwandelt.«

»Klingt nicht nach unserer fanatischen Übermutter«, stellte Bob fest.

Justus blätterte weiter zur heiligen Monica. Und schon nach wenigen Sekunden erhellte sich sein Gesicht. »Aha! Hört euch das an! Die heilige Monica lebte im vierten Jahrhundert im heutigen Algerien und war eine im christlichen Sinne ganz vorbildliche Person, die ihren Mann und ihre Kinder bekehrte. Ihr Sohn Augustinus wollte sich aber nicht taufen lassen und ist abgehauen – nach Rom. Sie bekam daraufhin einen hysterischen Anfall nach dem anderen, reiste ihm nach und überzeugte ihn schließlich doch noch. Und so weiter und so fort. Jedenfalls sind beide heilig gesprochen worden. Und nach Monica wurde die Stadt Santa Monica benannt.«

»Bingo!«, rief Peter.

»Du sagst es.«

»Und was ist mit der Kirche?«, fragte Bob. »Die nach ihrem Sohn benannt wurde?«

»Das kriegen wir ganz schnell raus«, meinte Justus und schaltete den Computer an. Im Internet fand er sehr schnell des Rätsels Lösung: »Da haben wir sie schon! In Santa Monica in der Vierten Straße gibt es eine Kirche namens ›St. Augustine by-the-Sea‹, die nach eben jenem heiligen Augustinus benannt ist. Augustine ist nur ein anderer Name für ihn.«

»›By-the-Sea‹!«, rief Bob. »Am Meer! So heißt es doch auch in dem Rätseltext! Die Kirche, die am Wasser steht!«

»Kollegen, ich würde sagen, wir haben das Rätsel gelöst!« Justus strahlte. »Leider können wir die Lösung erst morgen verifizieren, denn heute ist die Kirche garantiert geschlossen.«

»Das macht gar nichts«, meinte Peter. »Für ein weiteres Rätsel muss ich mich sowieso erst mal entspannen.«

Mit Vorfreude auf den nächsten Tag verabschiedeten sich Bob und Peter. Doch eine Minute, nachdem sie die Zentrale verlassen hatten, standen sie schon wieder in der Tür.

»Na, wollt ihr etwa doch noch nach Santa Monica fahren?«

»Mitnichten«, antwortete Bob.

»Aber wir dachten, das hier würde dich vielleicht interessieren«, fügte Peter hinzu und legte ein kleines würfelförmiges Päckchen auf den Schreibtisch. Es war in braunes Papier eingehüllt, auf das jemand drei große Fragezeichen gemalt hatte. »Es lag vor dem Tor.«

Justus legte das Heiligenlexikon, in dem er noch ein wenig geblättert hatte, beiseite. »Das ist eindeutig für uns!«

»Was du nicht sagst. Los, mach schon auf!«

Der Erste Detektiv wickelte das Päckchen vorsichtig aus. Es war eine der bereits vertrauten Kopperschmidt-Holzschachteln. Justus hob den Deckel ab und sah einen Mobimec in der Holzwolle. Vorsichtig stellte er ihn auf den Tisch. Diesmal waren es zwei kleine Figuren, die einander gegenüber auf einer Kupferplatte standen. Eine von beiden trug eine Ritterrüstung und ein Schwert in der Hand. Am Rand der Platte befand sich eine Öffnung für einen Schlüssel, der ebenfalls in der Kiste lag. »Los, Bob! Zieh das Ding auf!«, forderte Justus.

Das ließ der dritte Detektiv sich nicht zweimal sagen. Er zog die Mechanik auf und ließ den Schlüssel los.

Der Mobimec surrte. Der Schlüssel drehte sich langsam zurück. Die beiden Figuren zitterten leicht. Sonst passierte nichts. Dann hob der Ritter ganz plötzlich sein Schwert und holte aus. Mit einem gezielten Schlag trennte er der anderen Figur den Kopf ab. Die Metallkugel flog quer durch die Zentrale. Die drei ??? zuckten zurück, gingen beinahe in Deckung vor dem Spielzeugritter. Erst als der Schlüssel stillstand und alles ruhig war, wagten sie sich wieder näher heran.

Dort, wo der Kopf des Opfers gewesen war, ragte nun eine kleine blutrote Flagge aus dem Hals. In kleinen schwarzen Buchstaben stand darauf:

Der nächste Schuss trifft! Haltet euch raus und gebt den Pfadfinder zurück, sonst rollen andere Köpfe …

Am nächsten Tag war der Himmel wolkenverhangen und in der Zentrale war es noch düsterer als sonst. Justus saß am Schreibtisch und war in die Betrachtung des neuen Mobimecs versunken. Den abgeschlagenen Kopf hatte er immer noch nicht wiedergefunden, der war irgendwo im Chaos der Zentrale verschwunden. Doch darum ging es dem Ersten Detektiv auch gar nicht. Vielmehr starrte er immer wieder auf die Warnung, die in winzigen Buchstaben auf die Fahne geschrieben war. *Der nächste Schuss trifft …* Insgeheim fragte er sich, ob Peter heute überhaupt zur Lagebesprechung erscheinen würde. Nach dem Attentat am roten Turm hatte sich der Zweite Detektiv erstaunlich gut gehalten. Doch jetzt war die Überlegung, dass der Schuss nur ein dummer Zufall gewesen sein könnte, zunichtegemacht. Dieser Mobimec bewies, dass die drei ??? es mit einem Gegner zu tun hatten, der sehr genau wusste, wer sie waren und was sie taten. Und vermutlich noch einiges mehr. Und das bereitete nicht nur Peter ein mulmiges Gefühl.

Doch in diesem Moment betrat der Zweite Detektiv gemeinsam mit Bob die Zentrale. Justus war erleichtert. Peter schien besserer Laune zu sein, als er erwartet hatte.

»Ich habe mir was überlegt«, eröffnete Peter die Besprechung. »Es kommen eigentlich nur zwei Personen in Frage, die uns den Mobimec geschickt haben können.«

»Caitlin und George«, sagte Bob.

Peter war sichtlich enttäuscht. »Ach. Du bist auch darauf gekommen?«

»Na ja, es liegt doch auf der Hand: Die beiden kreuzen hier auf, stellen Justus zur Rede und wollen den Pfadfinder zurückhaben. Sie kriegen ihn aber nicht. Was liegt da näher, als uns zu drohen? Caitlin hatte wahrscheinlich irgendwo noch diesen makabren Mobimec ihres Vaters herumliegen und funktionierte ihn kurzerhand für ihre Zwecke um. Fertig ist eine simple, aber effektvolle Drohung.«

Peter nickte eifrig. »Und dann der Schuss! ›Der nächste Schuss trifft!‹ Damit kann doch nur der Zwischenfall am roten Turm gemeint sein. Erinnert ihr euch? Wir kamen gerade von Caitlin und George zurück, als Justus den Turm entdeckte. Die beiden müssen uns gefolgt sein.«

»Das klingt alles sehr logisch«, stimmte Justus zu. »Und es waren auch meine ersten Gedankengänge. Aber eine Frage ist damit leider noch nicht beantwortet. Nämlich die nach dem Warum. Warum sollten Caitlin und George auf dich schießen?«

»Damit ich die Höhle nicht finde«, antwortete Peter prompt.

»Schon klar, Zweiter. Aber das setzt doch voraus, dass Caitlin von der Höhle wusste. Das macht aber keinen Sinn, wenn das Rätsel von ihrem Vater stammt«

»Da hast du allerdings recht«, sagte Bob. »Aber es

könnte doch sein, dass nur George der Bösewicht ist und Caitlin von alldem gar nichts weiß.«

»Möglich«, sagte Justus und nickte nachdenklich. »Aber auch in diesem Fall liegen die Motive noch im Dunkeln. Was bedeutet, dass wir auf jeden Fall weiterermitteln müssen.« Er warf Peter einen unsicheren Blick zu.

»Warum siehst du mich so komisch an, Just? Erwartest du jetzt, dass ich vor Angst schlottere und dich anflehe, die Sache fallen zu lassen?«

»Na ja, um ehrlich zu sein –«

»Ich muss dich enttäuschen, Just. Ich habe mir nämlich etwas überlegt: Diese Drohung bedeutet doch nur, dass jemand Angst vor uns hat, oder?«

»Wenn du so willst …«

»Weil wir einer Sache auf der Spur sind. Und wahrscheinlich sind wir der Lösung sogar schon ziemlich nahe, denn sonst würde George oder wer auch immer ja nicht versuchen, uns Angst einzujagen. Wir müssen das Rätsel also einfach lösen und schon haben wir unsere Ruhe. Also, worauf warten wir? Wir haben einen Termin bei der heiligen Monica.« Peter stand auf und bewegte sich Richtung Tür.

»Peter?«, sagte Justus.

»Ja?«

»Du überraschst mich immer wieder.«

Peter grinste. »Ich weiß.«

Eine Kirche für Augustinus

St. Augustine by-the-Sea sah man ihr Alter nicht an. Die Kirche war im Laufe der Jahrzehnte aufgrund von Erdbebenschäden immer wieder aufgebaut und modernisiert worden. Die schneeweißen Mauern ragten in den bewölkten Himmel und wurden von einem winzigen Glockenturm mit Kreuz gekrönt. Ins Mauerwerk war ein schmaler Streifen mit Buntglasfenstern eingelassen, die ein Bildnis von Jesus darstellten und in allen Regenbogenfarben schillerten. Die Eingangstür stand weit offen. Es fand gerade kein Gottesdienst statt, doch die Kirche war für Besucher geöffnet. Die drei ??? schlossen ihre Fahrräder an und betraten das Gotteshaus.

Sofort verspürte Bob dieses eigenartige Gefühl, das er jedes Mal hatte, wenn er in eine Kirche ging. Die Stille, die Kühle, die Größe, die gedämpften Stimmen der anderen Besucher, das Hallen der Schritte... all das empfand der dritte Detektiv als sehr beruhigend und entspannend. Gleichzeitig jedoch auch irgendwie bedrückend. Bob hatte immer Lust, laut zu lachen, wenn er eine Kirche betrat, um den Bann der Stille zu brechen. Langsam gingen die drei Detektive weiter in das Kirchenschiff hinein. Das Buntglasfenster, das sie bereits von außen gesehen hatten, war von innen noch prächtiger und strahlender. Es wurde von einer großen Orgel gesäumt, die sich majestätisch der hohen Decke entgegenreckte. Außer den drei ??? waren noch vier oder fünf andere Besucher da, an den Rucksäcken und den Kameras unschwer als Touristen zu erkennen.

Alle waren damit beschäftigt, die Orgel zu bestaunen und Fotos zu machen.

»Da wären wir also«, murmelte Justus. »Gehen wir zum Altar und sehen uns ein wenig um.«

Links und rechts des Altars standen große brennende Kerzen, ein Stück davon entfernt Metallständer mit ausladenden Blumengestecken in Grün und Gelb. Auf der linken Seite ragte die Kanzel in den Raum. Das war alles.

»Angenehm schlicht«, wisperte der Erste Detektiv. »Und das sage ich nicht aus ästhetischen Erwägungen. Angesichts der Tatsache, dass es hier nur diese beiden riesigen Altarkerzen gibt, dürfte es kein großes Problem darstellen, das Versteck zu finden.«

»Dann mal los«, erwiderte Peter, drehte sich noch einmal um und trat schließlich die zwei Stufen zum Altar hinauf. Die Kerzen waren dick wie kleine Baumstämme und einen knappen Meter hoch. »Die brennen wahrscheinlich ein ganzes Jahr lang«, murmelte Peter und umrundete die Wachskolosse einmal. Es war nichts Auffälliges zu sehen. Er untersuchte die Kerzenständer. Doch auch die waren so schlicht, dass die Suche schon nach wenigen Sekunden beendet war – ergebnislos. »Da gibt es nur noch eine Möglichkeit«, flüsterte Bob. »Das Papier, von dem im Rätsel die Rede ist, steckt zwischen Kerze und Kerzenständer.« Er griff nach der rechten Kerze. Sie war höllisch schwer. Er musste die zweite Hand hinzunehmen, um sie anzuheben. Doch darunter befand sich gar nichts. Er ging zur linken Kerze hinüber und wiederholte die Prozedur. Ohne Erfolg. »So viel dazu«, murmelte er. »Ganz so einfach scheint das Rätsel dann doch nicht zu sein.«

»Gibt es hier wirklich keine anderen Kerzen?«, fragte sich Peter und wandte sich um. Justus und Bob folgten ihm. Langsam schritten sie durch das lange Kirchenschiff und hielten Ausschau. Sie fanden keine einzige. »Das gibt es doch nicht!«, empörte sich Peter. »Eine Kirche ohne Kerzen?«

»St. Augustine ist keine katholische Kirche«, bemerkte Justus. »Es gibt also keine Opferkerzen oder dergleichen. Tja, Kollegen. Ich befürchte, wir sind irgendwie auf dem Holzweg. Ist es denkbar, dass wir uns geirrt haben?«

»Also, was das Rätsel angeht: auf keinen Fall!«, sagte Bob. »Es sind Santa Monica und diese Kirche gemeint. Eine andere Möglichkeit gibt es nicht.« Bob zog den Rätseltext aus der Hosentasche und ging die letzte Strophe noch einmal durch. »›Gleich bei den Kerzen findet ihr das nächste kleine Stück Papier.‹ *Bei den Kerzen.* Das könnte doch auch zum Beispiel *zwischen den Kerzen* bedeuten.«

»Der Altar!«, flüsterte Justus aufgeregt und war schon auf halbem Weg zurück. Inzwischen waren außer ihnen nur noch zwei Besucher in der Kirche. Und auch die schienen ihren Rundgang beendet zu haben und strebten auf den Ausgang zu. Wenige Augenblicke später waren die drei Detektive allein. »Die Gelegenheit ist günstig. Sucht alles ab, Kollegen! Das Papier muss hier irgendwo versteckt sein!«

Bob und Peter ließen sich auf die Knie nieder und rutschten über den kalten Steinboden, während Justus den Altar selbst unter die Lupe nahm. Doch viel zu untersuchen gab es da nicht. Es war ein Steinblock, mehr nicht. Versteckmöglichkeiten gab es so gut wie keine.

Und auch Bob und Peter hatten sehr bald alle Ritzen zwischen den Steinplatten geprüft. Ohne Ergebnis. »Hier ist nichts«, knurrte Bob. »Absolut nichts. Man *kann* hier auch gar nichts verstecken, selbst wenn man wollte. Nicht mal ein kleines Stück Papier.«

»Tja«, sagte Peter, stand auf und klopfte sich den Staub von der Hose. »Und jetzt?«

Schritte hallten durch das Kirchenschiff. Jemand kam auf sie zu, ein Mann im schwarzen Anzug mit Halbglatze und gepflegtem weißem Bart. »Entschuldigt, aber wir schließen in zehn Minuten«, raunte er mit sanfter Stimme. »Wenn ihr so freundlich sein könntet…«

»Selbstverständlich«, sagte Justus und bedeutete seinen Freunden zu gehen. Dann wandte er sich noch einmal zu dem Mann um: »Verzeihen Sie, könnten Sie mir eine Frage beantworten?«

»Ja, bitte?«

»Sind dies die einzigen Kerzen, die in der Kirche stehen?«

Der Mann war sichtlich irritiert. »Na ja, abgesehen von den Nachtkerzen schon, aber die werdet ihr kaum meinen, oder?«

Er lächelte, als hätte er einen Witz gemacht.

»Nachtkerzen?«, fragte Justus.

Ihr Gegenüber wies auf die Blumengestecke links und rechts des Altars. »Die Blumen dort. Sie heißen Nachtkerzen. Anders als die allermeisten Pflanzen öffnen sie ihre Blüten nicht am Tage, sondern erst in der Dämmerung. Daher haben wir sie für den Altarschmuck ausgewählt. Die Nachtkerze ist die einzige Blume, die im Dämmerlicht der Kirche fortwährend blüht.« Justus konnte seine Aufregung kaum verbergen. »Das ist…

wirklich sehr interessant, Sir. Dürfen ... dürfen wir uns die Nachtkerzen bitte einmal ansehen?«

»Nur zu, aber danach muss ich euch bitten zu gehen.«

»Selbstverständlich, Sir!«

Der Mann beäugte die drei Detektive skeptisch, während er die Altarkerzen löschte und sich langsam entfernte. Justus, Peter und Bob bemühten sich, so zu tun, als täten sie den ganzen Tag nichts anderes, als Blumengestecke zu bewundern. Ehrfurchtsvoll strich Peter über die Blüten, während Justus die Blumenerde begutachtete.

Offenbar machten sie ihre Sache nicht sehr überzeugend, denn schon nach wenigen Augenblicken kehrte der Mann zurück. Das Lächeln war aus seinem Gesicht verschwunden. »Sagt mal, was treibt ihr da eigentlich?«

»Wir, äh ...«

»Ihr wollt mich wohl auf den Arm nehmen! Was immer das werden soll – hört sofort auf damit und verlasst diesen Ort!«

»Aber Sir«, begann Peter, »das ist ein Missverständnis! Wir ...« Doch schon wurde er von Justus am Ärmel Richtung Ausgang gezogen. Er konnte nur noch ein »Entschuldigung« murmeln, dann verließen die drei ??? unter den argwöhnischen Blicken des Mannes das Gotteshaus.

»Mist!«, zischte Bob zurück auf der Straße. »Wir waren so nahe dran! Wir –« Bob verstummte, als er das breite Grinsen auf dem Gesicht des Ersten Detektivs bemerkte. Justus öffnete die rechte Hand und hielt ihm ein Stück Papier unter die Nase, an dem noch ein paar

Krümel Blumenerde klebten. »Just! Du… du hast es gefunden?«

»Sieht ganz so aus.« Eifrig faltete der Erste Detektiv den Zettel auseinander. Erneut war er mit der bereits bekannten winzigen Schnörkelschrift beschrieben. Justus las laut vor:

»Ihr sucht den Pfad, der dorthin führt,
wo Schwarz gewinnt und Weiß verliert.
Doch braucht's den Schlüssel, braucht's die Zahl,
die richtet und verbiegt den Stahl.

Nehmt eins von zwei und zwei von drei
und gleich danach die drei von zwei.
Nehmt fünf von sechs und eins von neun,
ihr werdet's sicher nicht bereu'n.

Von fünfzehn nehmet nun die drei,
oder von achtzehn – einerlei.
Die zwei von dreiundsechzig jetzt!
Das Werk sich in Bewegung setzt,
wenn ihr noch nehmt von zwei die vier.
Die sieben da oder auch hier,
einmal von zehn, das andre Mal
von achtzehn, das ist ganz egal.

Nehmt zwei von vier und zwei von sieben,
wo ist nur das Licht geblieben?
Fünf oder auch sechs von zehn.
Hat jemand unsren Zug gesehn?
Vom Allerletzten nehmt die zwei,
dann ist die Rätseljagd vorbei.

Ihr findet, das sei euch gesagt,
ganz sicher den verborgnen Pfad.«

Justus Jonas ließ den Zettel sinken und blickte seine Freunde ausdruckslos an. Dann schlich sich ein Lächeln auf sein Gesicht. »Ich glaube, jetzt wird es richtig interessant.«

»Interessant!«, sagte Peter, als sie wieder in der Zentrale angekommen waren und sich den Rätseltext zum ersten Mal genauer vornahmen. »Sobald der Rest der Welt komplett den Faden verliert und kein einziges Wort mehr versteht, findet Justus Jonas es zum ersten Mal ›richtig interessant‹. Just, bist du ganz sicher, dass du von diesem Planeten stammst?«

Doch Justus hörte gar nicht hin. Er war bereits voll und ganz in dem Rätseltext versunken.

»Im Ernst, Justus«, sagte Bob. »Hast du irgendeine Ahnung, wie dieses Rätsel zu lösen ist?«

»Noch nicht«, murmelte der Erste Detektiv. »Aber genau das ist ja das Spannende. Es ist ein Code, so viel ist schon mal klar.«

»Aber was soll überhaupt entschlüsselt werden?«, fragte Bob. »Es geht um einen Pfad, um Licht, um einen Zug ...«

»Um Schwarz und Weiß«, fügte Peter hinzu. »Ein Schachbrett vielleicht?«

»Möglich«, sagte Bob. »Und um Stahl. Um verbogenen Stahl. Wenn ihr mich fragt, passt das alles irgendwie nicht zusammen. Was hat ein Schachbrett mit Stahl zu tun? Und mit einem Zug? Wenn ich recht darüber nachdenke, dann scheinen die einzelnen Rätsel sowieso in keinem Zusammenhang zu stehen. Klar, die Handschrift und der Stil sind immer gleich, aber inhaltlich könnten die Rätsel kaum unterschiedlicher sein. So als wären sie von verschiedenen Personen geschrieben worden.«

»Oder *für* verschiedene Personen«, murmelte Justus. »Aber wie dem auch sei, wenn wir das Rätsel lösen, sind wir der Antwort ein Stück näher.« Er griff nach Papier und Bleistift.

»Was hast du vor?«, fragte Peter.

»Ich versuche, den Code zu entschlüsseln. Wenn man es genau betrachtet, scheint es ganz einfach zu sein. Felix Kopperschmidt sagt uns ziemlich genau, was wir tun müssen: Nehmt eins von zwei! Nehmt zwei von drei! Man muss einfach seinen Anweisungen folgen, dann kommt man auf die Lösung, da bin ich mir sicher.«

»Na, dann mal los!«, antwortete der Zweite Detektiv, verschränkte die Arme vor der Brust und lehnte sich entspannt zurück. Er wusste, dass er bei diesem Rätsel außen vor war. Zahlen – davor grauste es ihm seit eh und je. Daher konnte er ohne jedes schlechte Gewissen dabei zusehen, wie Justus Jonas das Rätsel löste – oder eben auch nicht.

»Nehmt eins von zwei und zwei von drei …«, murmelte Justus und beschrieb seinen Notizzettel. »Wenn ich eins von zwei nehme, also subtrahiere, und zwei von drei abziehe, dann bleibt jedes Mal eins übrig.« Justus notierte das Ergebnis. »Aber schon in der nächsten Zeile wird es kompliziert: ›und gleich danach die drei von zwei‹. Das bedeutet, ich bekomme ein negatives Ergebnis: minus eins. Danach kommen wieder zwei positive Ergebnisse: fünf von sechs gleich eins, eins von neun gleich acht. Aber jetzt wird es unlogisch: ›Von fünfzehn nehmet nun die drei, oder von achtzehn – einerlei.‹ Kann mir mal jemand erklären, was das soll? Wieso ist es einerlei? Mathematik ist nicht einerlei. Soll ich die drei nun von fünfzehn oder von achtzehn abziehen? Wie kann denn das völlig egal sein?«

»Keine Ahnung«, sagte Bob. Auch er hatte sich bereits von dem Gedanken verabschiedet, bei diesem Rätsel auf einen grünen Zweig zu kommen.

»Mich musst du gar nicht erst fragen«, sagte Peter schnell. »Mir ist sowieso schleierhaft, was du da gerade tust.«

»Ich erkläre es dir doch die ganze Zeit!«, erwiderte Justus halb empört.

»Ich weiß. Ich kann nichts dafür. Bei mehr als zwei Zahlen in einem Satz schaltet sich mein Gehirn automatisch ab. Das ist eine Art eingebautes Kühlsystem. Sehr praktisch, wenn man im Matheunterricht nicht den Verstand verlieren will.«

Justus schüttelte verständnislos den Kopf. »Du tust gerade so, als wäre das höhere Mathematik. Es sind doch bloß ganz harmlose Grundrechenaufgaben!« Justus rechnete fleißig weiter und hatte am Ende eine ziemlich lange Zahlenkolonne auf dem Zettel stehen.

»Und jetzt?«

»Tja …«, murmelte Justus und starrte auf seinen Notizzettel. »Vielleicht geht es darum, die Summe aus den Einzelergebnissen zu berechnen. Aber es gibt einfach zu viele Variablen. Allein drei Stellen im Text, an denen einem die Wahl gelassen wird, was genau man tun soll. Und was soll das hier zum Schluss bedeuten? ›Vom Allerletzten nehmt die zwei.‹ Vom allerletzten was? Ich begreife das nicht.«

»Wow«, sagte Peter. »Du begreifst was nicht. Ich weiß gar nicht, was ich sagen soll.«

»Ich glaube«, meinte Justus schließlich und knüllte entschlossen das Blatt mit den Notizen zusammen, »wir sind auf dem Holzweg. Hier geht es um etwas anderes als eine simple Rechenaufgabe.«

»Ach ja?«, fragte Bob.

»Ja.«

»Nämlich?«

»Möglicherweise geht es um eine schwierige Rechenaufgabe. Vielleicht ist in dem Text von Brüchen die Rede: ›Nimm eins von zwei‹ – damit ist ein halb gemeint. ›Zwei von drei‹ – zwei Drittel. ›Drei von zwei‹ – drei Halbe, also eineinhalb. ›Fünf von sechs und eins von neun‹ – fünf Sechstel und ein Neuntel. Und so weiter.«

Peter war nicht sicher, ob er alles richtig verstand, aber er nickte ermutigend und reichte Justus einen neuen Zettel. Eifrig machte sich der Erste Detektiv an die Arbeit. Am Ende hatte er wieder eine Reihe von Zahlen aufgeschrieben, diesmal Bruchzahlen.

»Und jetzt den kleinsten gemeinsamen Nenner …«, murmelte Justus und bearbeitete wieder seine Unterlippe. »Tausendzweihundertsechzig? Kann das sein? Meine Güte … also, das wären dann sechshundertdreißig … achthundertvierzig …, tausendachthundertneunzig …«

»Was, um alles in der Welt, tust du da, Justus?«

»Ich addiere die Zahlen«, murmelte der Erste Detektiv abwesend. In Windeseile füllte sich der ganze Zettel mit Ziffern, die Peter schier schwindlig werden ließen.

»Warum nimmst du nicht den Taschenrechner?«, wollte Bob wissen.

»Dauert viel zu lange«, behauptete Justus und rechnete weiter. »Siebentausendneunhundertvierundsiebzig Tausendzweihundertsechzigstel«, verkündigte er schließlich stolz. »Wenn man das kürzt, ergibt das … äh … äääääähhhhhhh …« Justus' Unterlippe drohte zu platzen. »Vierhundertdreiundvierzig Siebzigstel. Das ist das Ergebnis. Vierhundertdreiundvierzig Siebzigstel. Als Dezimalzahl ausgedrückt …« Justus vollführte ein weiteres Rechenkunststück auf dem Papier. »Sechskommadreizweiachtfünfsiebeneinsvier. Vorausgesetzt, ich wähle immer die erste der beiden Wahlmöglichkeiten und lasse die mysteriöse letzte Unbekannte einfach weg.«

»Wow«, wiederholte Peter. »Das ist … echt cool. Richtig … super. Beeindruckend. Ich meine … du hast es ohne Zweifel drauf. Aber was bringt uns das?«

»Gar nichts«, antwortete Justus, zerknüllte auch diesen Zettel und warf ihn weg. »Absolut gar nichts.«

»Und jetzt?«

»Fange ich noch mal von vorne an.«

So ging es den ganzen Abend weiter. Justus war in seinem Element. Er jonglierte mit den Zahlen, probierte immer neue Herangehensweisen aus und füllte in Windeseile einen Notizzettel nach dem nächsten. Jedes Mal mit dem gleichen Ergebnis – sie landeten zusammengeknüllt im Papierkorb. Bob und Peter überließen Justus irgendwann seinem Schicksal und traten den Heimweg an. Der Erste Detektiv registrierte es nur am Rande. Er war völlig in seine Welt versunken.

Es dauerte noch eine ganze Weile, bis auch für Justus der Frust zu groß wurde und er entmutigt den Stift beiseitelegte und sich zurückfallen ließ. Müde blickte er nach draußen. Es war schon längst stockdunkel. Doch der Regen hatte inzwischen nachgelassen. Nur noch einzelne Tropfen malten Kreise in die glänzenden Pfützen auf dem Schrottplatz. Die von den Lichtern der Stadt angestrahlten Wolken zogen langsam über den Himmel und hinterließen tiefschwarze Felder, in denen die Sterne blitzten. Eine Katze kroch aus einem Unterschlupf hervor und machte sich auf die Suche nach einem Mitternachtssnack. Und am schmiedeeisernen Schrottplatztor – stand eine Gestalt. Justus duckte sich alarmiert. Augenblicklich war das Zahlenrätsel vergessen. Jemand machte sich an dem Gitter zu schaffen! Leider war es zu dunkel, um mehr erkennen zu können.

Der Attentäter!, schoss es dem Ersten Detektiv durch den Kopf. Jetzt oder nie! Er musste wissen, wer diese Person war und was sie da trieb!

Eine Warnung für die Fragezeichen

Justus ließ sich vom Stuhl gleiten und kroch über den Boden, bis er eine Klappe erreichte. Dies war der Eingang zu Tunnel II, einem Geheimgang, der unterhalb der Zentrale in ihre Freiluftwerkstatt führte. Justus robbte in die stickige, feuchte Dunkelheit und tastete sich bis zum Ausgang hinter der alten Druckerpresse vorwärts. Dann schlich er dicht am Zaun entlang weiter. Schon erreichte er das Grüne Tor, einen ihrer geheimen Ausgänge vom Schrottplatz. Die losen Holzbretter rutschten lautlos beiseite. Der Erste Detektiv quetschte sich durch die Lücke und betrat den Gehsteig. Er huschte an den Lichtkegeln der Laternen vorbei bis zur Straßenkreuzung und lugte vorsichtig um die Ecke des Bretterzauns.

Die geheimnisvolle Gestalt war verschwunden. Justus stieß innerlich tausend Flüche aus. Er war zu langsam gewesen! Aber Justus hatte kein Auto gehört. Weit konnte die Gestalt noch nicht sein.

Plötzlich bellte der Nachbarshund. Das tat er immer genau dann, wenn jemand auf dem Bürgersteig an seinem Zwinger vorbeiging.

Justus rannte los. An dem schmiedeeisernen Tor vorbei bis zum Nachbargrundstück. Da! War da nicht eine Bewegung gewesen? Ein Schatten? Dort, hinter der Hecke? Justus wurde langsamer und schlich nun vorsichtig Schritt für Schritt näher. Er lauschte. Waren da Schritte? Oder ein lautes Atmen? Dieser blöde Köter machte ihn noch verrückt! Er hörte einfach nicht auf zu bellen!

Justus beschloss, einen Blick hinter die Hecke zu riskieren. Er schob sich langsam vor, drehte seinen Kopf – und sah gerade noch einen riesigen Schatten auf sich zu springen. Etwas stach in sein Gesicht. Justus schrie und hielt sich schützend die Hände vor die Augen.

Schritte! Jemand rempelte ihn an! Halb blind streckte Justus die Hand aus, bekam etwas zu fassen und krallte sich fest. Ein Kleidungsstück des Angreifers. Etwas klimperte. Blinzelnd kämpfte Justus gegen die Tränen an, während er versuchte, den Fremden zu Boden zu ringen, doch er hatte keine Chance. Die Gestalt entwand sich seinem Griff und flüchtete. Justus setzte zur Verfolgung an, stolperte durch die verschwommene Dunkelheit und stürzte. Er prallte so heftig auf dem Boden auf, dass es ihm sekundenlang den Atem raubte. Hilflos sah er zu, wie der Schatten um die nächste Straßenecke verschwand.

Mühsam stand Justus auf und rieb sich die Augen. Er blinzelte fortwährend. Es dauerte eine ganze Weile, bis er wieder halbwegs normal sehen konnte. Langsam kehrte er zurück zum Tatort. Nun sah er, was ihm da aus der Dunkelheit ins Gesicht gesprungen war: Es war ein belaubter, dorniger Ast gewesen, mit dem der Unbekannte ihm die Sicht geraubt hatte und der nun am Boden lag. Wütend versetzte Justus ihm einen Tritt.

Darunter kam etwas zum Vorschein.

Auf der gepflasterten Garageneinfahrt der Nachbarn lagen einige kleine Gegenstände. Sie mussten dem Angreifer aus der Tasche gefallen sein, als Justus nach seiner Kleidung gegriffen hatte. Er erinnerte sich an das Klimpern.

Ein paar Münzen.

Ein zusammengeknüllter Zettel.

Und ein Schlüssel.

Justus klaubte die Sachen auf und kehrte zurück zum Schrottplatz. Am schmiedeeisernen Tor hing etwas. Der Täter hatte wie schon am Abend zuvor eine Botschaft hinterlassen. Ein kleines Holzkästchen mit Kopperschmidt-Logo baumelte an einem Stück Paketband. Neugierig öffnete Justus es.

Im Innern lag ein Schlüssel. Und ein kleines längliches Kästchen aus Metall. Justus erkannte es erst, als er es aus der Schachtel nahm und ins Licht der Straßenlaterne hielt.

Es war ein Sarg.

Peter runzelte die Stirn, als er den Miniatur-Sarg am nächsten Tag auf dem Schreibtisch in der Zentrale liegen sah. »Was ist denn das?«

»Die Warnung, die der Täter letzte Nacht am Tor hinterlassen hat«, erklärte Justus.

»Da ist ein Schlüsselloch an der Seite«, bemerkte Bob. »Heißt das, dieses Ding ist auch ein Mobimec?«

Justus nickte.

»Hast du ihn schon ausprobiert?«

»Ja.«

»Und?«

Der Erste Detektiv machte eine einladende Geste. »Bitte sehr!« Bob trat heran, fand den Schlüssel auf dem Tisch und zog den Sarg auf. Im Innern klapperte und schnurrte es, dann erklang eine düstere, getragene Melodie. Bob kannte sie. Es war der Trauermarsch von Chopin. Ein leichtes Unwohlsein befiel ihn. Dann öffnete sich langsam und quietschend der Sargdeckel. Bob zuckte unwillkürlich zurück. Im Innern des Sarges lagen auf blutrotem Samt drei farbig lackierte Fragezeichen: ein weißes, ein rotes, ein blaues.

»Sag mal, spinnt der?«, rief Peter und klappte den Sargdeckel zu. Die Musik verstummte. »Das geht mir jetzt aber wirklich ein bisschen zu weit.«

»Nun hab dich doch nicht so«, sagte Justus und grinste. »Das ist doch bloß ein harmloser kleiner Spaß.«

»Spaß? Der Typ will uns einsargen, Justus! Diese Drohung ist ja wohl eindeutig!«

»Hattest du nicht behauptet, eine Drohung sei nur ein Ausdruck von Angst? Und dass wir lediglich den Fall lösen müssten, um unsere Ruhe zu haben?«

»Was kümmert mich mein übermütiges Geschwätz von gestern!«

»Peter«, sagte der Erste Detektiv ruhig. »Wenn der Unbekannte mir etwas hätte zuleide tun wollen, hätte er gestern Nacht eine ausgezeichnete Gelegenheit dazu gehabt. Stattdessen ist er geflohen. Du hattest schon ganz recht: Er hat Angst vor uns! Immer noch!«

»Menschen, die Angst haben, sind immer am gefährlichsten«, murmelte Peter.

»Außerdem ist dieser Sarg nicht das Einzige, was der Täter zurückgelassen hat«, fuhr Justus fort und legte nacheinander die Geldmünzen, den Zettel und den Schlüssel auf den Tisch. »Ich präsentiere: Beweisstück B, C und D.«

»Was ist denn das?«, fragte Bob.

»Das hat der Täter verloren, als ich seine Jacke, oder was immer es war, gepackt habe.«

Bob griff neugierig nach dem Zettel und faltete ihn auseinander. Die Bleistiftschrift war krakelig und verschmiert. Als Bob sie endlich entziffert hatte, verzog er enttäuscht das Gesicht.

»Was ist denn, Bob?«, fragte Peter. »Was steht auf dem Zettel? Etwa ein neues Rätsel?«

Bob räusperte sich und las vor: »Brot, Käse, Orangensaft, Paprika, Tomaten, Schinken, Erdnussbutter, Fernsehzeitschrift, Klopapier.« Er blickte auf. »Das ist ein verdammter Einkaufszettel!«

»Zu dem Schluss bin ich auch gekommen«, sagte Justus gelassen.

»Toll«, meinte Peter. »Ich kann mich kaum halten vor Begeisterung. Und was, zur Hölle, sollen wir mit einem Einkaufszettel anfangen? Meinst du, wir können irgendwie herauskriegen, wer in letzter Zeit dringend Brot, Schinken und Klopapier brauchte?«

»Nein«, antwortete Justus. »Ob ihr es glaubt oder nicht, mein Fokus richtete sich mehr auf Beweisstück D, den Schlüssel.« Bob nahm ihn zur Hand. Genau genommen waren es zwei Schlüssel an einem Schlüsselanhänger, auf dem ›I ♥ San Francisco‹ stand. »Sieht aus wie ein Hausschlüssel. Und einer für die Hintertür oder die Garage oder so.«

»Super«, meinte Peter. »Jetzt müssen wir ja nur noch jemanden finden, der ein Haus mit einer Hintertür oder einer Garage hat. Und der in San Francisco wohnt oder schon mal da war, oder der jemanden kennt, der ihm den ›I ♥ San Francisco‹-Anhänger mitgebracht hat. Das grenzt die Zahl der Verdächtigen ungemein ein, meint ihr nicht? Ich tippe mal auf etwa zwanzig bis dreißig Millionen. Grob geschätzt.«

Justus verzog das Gesicht. »Dein Sarkasmus ist ziemlich kontraproduktiv, Zweiter. Ein Schlüssel bringt uns durchaus weiter. Immerhin haben wir zwei Hauptverdächtige.«

»Caitlin und George.«

»Exakt.«

»Na klar!«, rief Bob. »Wenn diese Schlüssel also zu einer der beiden Wohnungen passen, haben wir den Täter! Just, wir sollten gleich nach Santa Monica fahren und –«

Justus hob die Hände. »Gemach. Gemach, Kollegen! Ich war bereits in Santa Monica.«

Peter runzelte die Stirn. »Du warst in Santa Monica? Wann?«

»Nach der Schule.«

»Nach der Schule?« Peter sah auf die Uhr. »Die Schule ist seit einer Stunde aus. Und wir sind seit einer Viertelstunde hier. Willst du uns weismachen, dass du es in dieser kurzen Zeit bis Santa Monica und zurück geschafft hast?«

»Na ja ... Eigentlich hatte ich etwas mehr Zeit. Meine letzte Stunde ... fiel aus.«

»Sie fiel aus? Wem willst du das erzählen? Heute war niemand krank, wenn ich mich recht erinnere.«

»Doch«, widersprach Justus. »Ich. Ich fühlte mich plötzlich gar nicht wohl und musste nach Hause.«

Bob und Peter sahen einander überrascht an.

»Du hast die letzte Stunde geschwänzt?«, rief Bob. »Du? Lass mich raten: Du hattest Sport.«

»Ja, ich hatte Sport. Und nein, ich habe nicht geschwänzt, sondern die körperliche Ertüchtigung lediglich vom Sportplatz auf die Straße verlagert, indem ich mit dem Rad nach Santa Monica und zurück gefahren bin. Niemand kann mir also vorwerfen, ich sei faul gewesen und hätte mich gedrückt.«

Peter schüttelte in gespielter Fassungslosigkeit den Kopf. »Jetzt schwänzt du wegen unserer Detektivarbeit sogar schon die Schule. Wo soll das nur hinführen?«

»Könnten wir bitte wieder zum Thema zurückkehren? Ich war also bei Caitlin. Und dreimal dürft ihr raten: Der Schlüssel passte nicht. Sie war es also nicht, die mich gestern Nacht angegriffen hat.«

»Bleibt noch George«, sagte Bob.

»Richtig. Nur leider wissen wir nicht, wo er wohnt. Wir kennen auch nicht seinen Nachnamen. Die einzige Verbindung, die wir zu ihm haben, ist Caitlin. Aber bis jetzt ist mir noch kein Vorwand eingefallen, unter dem wir sie anrufen und nach Georges Wohnort fragen könnten.«

»Das müssen wir vielleicht auch gar nicht«, sagte Bob. »Caitlin ist Anwältin. Es lässt sich bestimmt herausfinden, in welcher Kanzlei sie arbeitet. Und damit haben wir auch George.«

»Wieso haben wir damit George?«, fragte Justus.

»Weil er Anwalt ist.«

»Woher weißt du das?«

»Weil er so aussieht.«

»Bob, was ist das denn für ein Argument? Nennst du das etwa eine logische, detektivische Herangehensweise?«

»Nein«, gestand Bob. »Aber trotzdem bin ich mir sicher, dass die beiden Kollegen sind.«

»Wie kannst du dir sicher sein? Wir wissen so gut wie nichts über George!«

Bob seufzte. »Okay, ich gebe es zu, es ist bloß eine Vermutung. Aber das ist unsere einzige Spur! Also, vertrau mir, Just: Lass uns zu Caitlins Kanzlei fahren und sehen, ob George dort auch arbeitet. Wenn ich falschliege, kannst du dir immer noch etwas Besseres einfallen lassen!«

Justus überlegte einen Augenblick. Schließlich nickte er. Bob grinste, griff nach Beweisstück D und gemeinsam verließen sie die Zentrale.

Die Anwaltskanzlei ›Miller & Partner‹ lag im Geschäftsviertel von Santa Monica. Es hatte die drei Detektive nur ein paar Anrufe gekostet, um Caitlins Arbeitgeber ausfindig zu machen. Während Peter in seinem MG das Bürohaus aus sicherer Entfernung beobachtete, wurden Justus und Bob durch eine gläserne Drehtür in die menschenleere Empfangshalle geschleust. Auf einem Schild an der Wand waren die hier ansässigen Firmen aufgelistet. ›Miller & Partner‹ befand sich im dritten Stock. Justus drückte auf den Fahrstuhlknopf und sie fuhren gemeinsam nach oben.

»Und wie gehen wir jetzt vor?«, wollte Bob wissen. »Wie sollen wir herausfinden, ob George in diesem Laden arbeitet?«

»Keine Ahnung.«

»Soll das heißen, du hast keinen Plan?«

»Wir machen unsere Vorgehensweise von der Situation abhängig.« Justus klang zuversichtlich.

Der Fahrstuhl hielt und die Türen glitten auseinander. Doch sie führten nicht wie erwartet auf einen Flur hinaus, sondern mitten in ein Großraumbüro, wo mindestens ein Dutzend Menschen in kleinen, abgetrennten Bereichen arbeiteten oder geschäftig hin und her liefen. In der Nähe befand sich ein Empfangstresen. Justus trat unsicher darauf zu, doch er kam nicht weiter als zwei Schritte. Dann packte Bob ihn plötzlich am Arm und zerrte ihn zurück.

»Bob! Was soll denn das?«, zischte Justus.

Der dritte Detektiv nickte stumm in eine Richtung. Justus folgte seinem Blick. George ging den Mittelgang hinunter direkt in ihre Richtung. Einen Augenblick lang sah es so aus, als steuerte er direkt auf sie zu, doch dann erkannte Justus, dass er an ihnen vorbei zum Empfangstresen blickte.

»Er darf uns nicht sehen!«, raunte Bob und machte einen weiteren Schritt rückwärts. Die Fahrstuhltür schloss sich. In letzter Sekunde stellte Bob seinen Fuß dazwischen. Die Tür öffnete sich wieder. Die beiden Detektive quetschten sich in die Kabine und drückten auf den Knopf für das Erdgeschoss.

George erreichte den Tresen. Er war nur ein paar Meter von ihnen entfernt, sah aber nicht in ihre Richtung. Stattdessen sprach er mit der jungen Frau, die dort saß.

»Betsy, sei so nett und sag dem Chef, dass ich noch etwas zu erledigen hatte und heute nicht mehr ins Büro komme.«

»Mach ich, George!«

George wandte sich um. In diesem Moment schloss sich die Aufzugtür. Bob und Justus hörten noch seine eiligen Schritte, doch da setzte sich die Kabine schon in Bewegung.

Justus atmete auf. »Das war haarscharf.«

»Du sagst es. Meinst du, er hat uns gesehen?«

»Glaube ich nicht.«

»Aber etwas anderes kannst du jetzt glauben«, sagte Bob triumphierend. »Dass ich recht hatte.«

Der Fahrstuhl erreichte sein Ziel. Bob und Justus beeilten sich, das Gebäude zu verlassen und zu Peters MG zu laufen.

»Das ging aber schnell«, bemerkte Peter, während Bob und Justus in den Wagen stiegen.

»Duck dich!«, raunte Justus.

Ein paar Sekunden später kam George aus der Tür.

Zielstrebig ging er zu einem schwarzen BMW, der in der Nähe geparkt war, stieg ein und brauste davon.

»Hinterher, Zweiter!«

Ein Fall für Bob

Peter ließ einen Moment verstreichen, bevor er den Motor anließ und George folgte. Der Zweite Detektiv war ein Meister darin, jemanden unbemerkt mit dem Auto zu beschatten. Geübt ließ er immer genau so viel Abstand zum BMW, dass er ihn ganz knapp nicht aus den Augen verlor. George hingegen hätte schon gezielt im Rückspiegel nach ihm suchen müssen, um ihn zu entdecken.

Die Fahrt dauerte nicht lang. Sie führte von Santa Monica nach Rocky Beach ans andere Ende des Städtchens. Vor Felix Kopperschmidts Haus wurde der schwarze BMW schließlich langsamer und hielt an. George stieg aus, trat durch die Gartenpforte, ging bis zur Haustür und war wenige Augenblicke später im Haus verschwunden.

Peter hielt mit großem Abstand an der Straße.

»Er besucht Craig«, staunte Bob. »Wer hätte das gedacht! Aber was will er bei ihm? Die beiden kennen sich doch kaum. Könnt ihr euch einen Reim darauf machen?«

»Nein«, gestand Justus. »Aber wir können es herausfinden.«

»Willst du am Fenster lauschen?«, fragte Peter.

Doch Justus schüttelte den Kopf. »Ich glaube, diesmal ist eine offensivere Vorgehensweise vonnöten. Wir wollen doch den Attentäter ausfindig machen, nicht wahr? Und wir vermuten, dass es George ist. Deshalb halte ich es für die beste Idee, wenn wir uns ihm zeigen. Er muss sehen, dass wir wegen seiner läppischen Drohung nicht aufgegeben haben, im Gegenteil. Dann ist er nämlich unter Zugzwang und muss sich etwas Neues ausdenken, um uns abzuschrecken. Und dann werden wir ihn auf frischer Tat ertappen. Peter, du bleibst hier und wartest ab, was passiert. Wenn George rauskommt, folgst du ihm. Du kannst uns in der Zentrale erreichen.«

»In Ordnung.«

Justus und Bob verließen den Wagen und betraten das Kopperschmidt-Grundstück. Nachdem der Löwe an der Eingangstür geniest hatte, dauerte es einen Moment, dann öffnete ihnen Martha Lynn.

»Was macht ihr denn hier?«, fragte sie halb verblüfft, halb verärgert.

»Entschuldigen Sie die Störung«, begann Justus. »Wir würden gerne Ihren Mann sprechen.«

»Seid ihr mit ihm verabredet?«

»Nein, wir sind spontan vorbeigekommen. Ist er zu Hause?«

»Schon«, antwortete Martha Lynn zögerlich. »Er hat gerade Besuch.« Sie überlegte einen Moment. »Aber der wird wahrscheinlich nicht lang bleiben. Wenn ihr wollt, könnt ihr in der Küche warten.« Sie ließ die beiden hereinkommen.

In der Küche ging Martha Lynn zu einem Kupferblech, das an der Wand befestigt war. Sie drückte darauf und das Blech klappte nach oben und gab den

Blick auf eine mit Nummerntasten versehene Schalttafel frei. Martha Lynn betätigte eine der Tasten.

»Um was für eine Erfindung handelt es sich diesmal?«, fragte Bob, dem das Schweigen unangenehm war, freundlich.

»Ich rufe den Hausexpress«, erklärte Martha Lynn knapp und ohne den Hauch eines Lächelns. Ein tuckerndes Geräusch näherte sich und kurz darauf rollte der Spielzeugzug durch eine Öffnung in der Wand in die Küche. Martha Lynn griff nach einem Notizzettel und kritzelte eine Nachricht darauf.

Justus, der in ihrer Nähe stand, warf einen Blick über ihre Schulter. ›Justus und Bob sind hier‹, stand auf dem Zettel. Martha Lynn legte ihn in einen der Waggons, ging zur Schalttafel und gab einen dreistelligen Code ein. Augenblicklich setzte sich der Zug in Bewegung und fuhr aus der Küche.

»Das ist toll«, sagte Justus begeistert. »So ein Hausexpress ist wirklich praktisch. Den könnten wir auch noch gebrauchen. Benutzen Sie ihn häufig?«

»Hör zu, Justus«, sagte Martha Lynn ungehalten. »Ich weiß es wirklich zu schätzen, dass ihr so viel Begeisterung für die Arbeit meines Schwiegervaters aufbringt. Aber ich will ehrlich sein: Seit ihr euch in die Sache eingemischt habt, gibt es nur noch Ärger. Craig und Caitlin bekämpfen einander verbissener als je zuvor. Was habt ihr euch dabei gedacht, Mrs Loughlin zu besuchen? Das ging euch wirklich überhaupt nichts an! Es war eine Familienangelegenheit! Und das ist es immer noch.«

»Aber …«, begann Justus tonlos und musste sich erst räuspern. »Wenn Ihr Schwiegervater wirklich in Gefahr ist, dann …«

»Dann ist das immer noch nicht eure Sache, Detektive hin oder her.« Martha Lynn wandte sich abrupt ab und beschäftigte sich mit dem schmutzigen Geschirr, das in der Spüle stand.

Bob und Justus sahen einander bestürzt an. Eisiges Schweigen breitete sich in der Küche aus. Während Martha Lynn die Teller und Töpfe hin und her schichtete, tat Justus so, als interessierte er sich für die Kücheneinrichtung. Er betrachtete eingehend den Toaster, die farbenprächtigen Blumen auf der Fensterbank, die offenbar aus dem Garten stammten, die an der Kühlschranktür festgepinnten Postkarten aus New York, San Francisco und Miami, verglich die Zeit der Küchenuhr mit der seiner Armbanduhr und fragte sich, was zwischen Craig und George gerade vor sich gehen mochte. Und wann sie der unangenehmen Atmosphäre in der Küche endlich entfliehen konnten.

Als sei der Gedanke ein Signal gewesen, hörte er im Innern des Hauses plötzlich Schritte und laute Stimmen, die sich der offenen Küchentür näherten.

»Kommst du dir nicht selbst etwas dämlich vor, für Caitlin den Botenjungen zu spielen, George?«, fragte Craig ungehalten. »Wenn meine Schwester mir irgendetwas zu sagen hat, ob es nun diese drei Jungs oder sonst was betrifft, dann soll sie gefälligst selbst zu mir kommen!«

Justus und Bob gingen zur Tür und traten in den Flur. Der Erste Detektiv räusperte sich. »Geht es um uns?«

George wirbelte herum. »Was habt ihr denn hier zu suchen?«

»Das wüsste ich allerdings auch gern«, sagte Craig.

»Wir wollten mit Ihnen sprechen«, wandte sich Justus an Craig. »Wie Sie vermutlich gerade erfahren haben, waren wir bei Virginia Loughlin. Sie hat uns etwas gegeben. Etwas, das einige Fragen aufwirft. Doch das sollten wir vielleicht besser unter vier Augen bereden.« Justus drehte sich so cool und lässig wie möglich zu George um.

Dieser starrte ihn wütend an und sagte dann zu Craig: »Ich werde Caitlin erzählen, dass du lieber mit ein paar dahergelaufenen Kinder-Detektiven sprichst als mit mir. Das wird sie sicherlich interessieren.« Er drehte sich um und stürmte aus dem Haus.

Als der Knall der zugeworfenen Tür verhallt war, dauerte es einen Augenblick, bis Craig sich beruhigt hatte. Schwer atmend stand er in der Eingangshalle und wirkte verärgert und schuldbewusst zugleich.

Dann nieste der Löwe.

»Was ist denn nun schon wieder?« Er riss die Tür auf.

George stand vor ihm. »Habe ich meinen Hausschlüssel bei dir liegen gelassen?«

»Deinen …?« Craig ging wütend ins Wohnzimmer zurück. Ein paar Sekunden lang war er im Nebenraum beschäftigt. Während dieser Zeit starrten George und Justus einander von Tür zu Tür über die menschenleere Eingangshalle hinweg an. Georges Blick war hasserfüllt. Dann kehrte Craig zurück. »Nein, hast du nicht.« Er warf George die Tür vor der Nase zu. Abrupt drehte er sich zu Justus und Bob um.

»Was wollte er denn?«, fragte Bob und deutete zur Tür.

»Was schon? Mir sagen, was meine Schwester von mir hält. Als ob ich das nicht wüsste. Caitlin hat sich darüber beschwert, dass ihr bei der Schwarzen Dame wart. Natürlich schob sie mir dafür die Schuld in die Schuhe. Wie üblich. Und dafür schickt sie ihren Verlobten vorbei. Sie redet mal wieder nicht mit mir. Aber das ist ja nichts Neues.«

»Verzeihen Sie, Craig, es war wirklich nicht unsere Absicht, den Streit zwischen Ihnen und Ihren Geschwistern neu zu entfachen. Wir wollten nur helfen und –«

»Das ist ja wohl die Höhe!«, unterbrach Martha Lynn ihn. »Helfen! Bis jetzt habt ihr nichts als Unheil angerichtet!«

»Aber Lynnie«, sagte Craig sanft. »Die Jungen können nichts für Caitlins Starrsinn. Sie haben es doch nur gut gemeint.«

»Ich weiß. Aber … mir geht das einfach zu weit, Craig. Dein eigener Vater schickt dir eine Botschaft! Nein, er schickt *euch* eine Botschaft, deinen Geschwistern und dir! Eine wichtige! Und drei Jungs, die mit der Familie *nichts* zu tun haben, stürzen sich darauf wie die Geier. Das scheint dir völlig egal zu sein! Aber damit ist jetzt Schluss.«

»Tja, wir … äh … gehen vielleicht besser«, schlug Bob vor. »Ja, Bob, das wird das Beste sein«, stimmte Justus schnell zu. Die Situation war ihm völlig entglitten. Seine Mission, George klar zu machen, dass die drei ??? noch längst nicht aufgegeben hatten, war erfüllt. Zeit zu verschwinden.

»Was wolltet ihr eigentlich von mir?«, fragte Craig irritiert.

»Ein andermal«, sagte Justus und strebte zur Haustür.

»Meine Jacke liegt noch in der Küche!«, fiel Bob ein, und er ging schnell, um sie zu holen. Die Jacke lag auf der Arbeitsplatte neben dem Kühlschrank. Er griff danach und wollte sich gerade abwenden, als sein Blick plötzlich etwas streifte, das seine Aufmerksamkeit erregte. Es dauerte einen Augenblick, bis der Grund dafür in sein Bewusstsein gesickert war. Dann trat er näher heran und runzelte die Stirn. War Justus, dem sonst so aufmerksamen Beobachter, möglicherweise etwas entgangen, als sie vorhin in der Küche waren? Bob trat näher und nahm das Objekt, das seinen Blick eingefangen hatte, in die Hand. Er wollte eine spontane Idee überprüfen.

Bob ließ fast seine Jacke fallen, als er sah, dass er einen Volltreffer gelandet hatte.

»Bob?«, drang Justus' Stimme aus dem Nebenraum. »Kommst du?«

»Ja!«, antwortete Bob nervös, brachte alles zurück an seinen Platz und verließ eilig die Küche.

Als Justus und Bob zwanzig Minuten später die Zentrale betraten, hatte Peter auf den Anrufbeantworter gesprochen.

»Hi, Kollegen! Also, ich bin George gefolgt und stehe jetzt vor Caitlins Haus. Oben in ihrer Wohnung brennt Licht. Und ich habe auch schon zwei Schatten am Fenster gesehen. Was jetzt? Soll ich hier bleiben und warten, bis George wieder rauskommt? Wäre nett, wenn ihr mich mal zurückrufen könntet. Oder kommt vorbei und leistet mir bei der Beschattung Gesellschaft!

Ist nämlich echt öde so allein. Bis dann!« Der Anrufbeantworter piepte, dann war es still.

»Na schön, dann wollen wir den armen Peter mal nicht zu lange allein lassen, sonst macht er noch irgendwelche Dummheiten«, sagte Justus und zog seine Jacke gar nicht erst aus. »Komm schon, Bob!«

Bob blieb stehen. »Braucht ihr mich für diese Beschattung?«

Justus verstand nicht. »Brauchen? Was meinst du damit?«

»Na ja, ich... ich hätte sonst noch etwas anderes vor.«

»Etwas anderes? Was denn?«

Bob zögerte. Er hatte Justus nichts von seiner Entdeckung in der Küche erzählt. Warum, wusste er selbst nicht so genau. Vielleicht wollte er auch einmal ein Geheimnis für sich behalten, so wie Justus es sonst so häufig tat. »Erzähle ich dir später.« Justus war mit der Antwort sichtlich unzufrieden, hatte es aber offenbar zu eilig für eine Diskussion. »Na schön. Wie du meinst. Wir reden noch darüber, ja?«

Bob nickte.

Nachdem Justus verschwunden war, griff der dritte Detektiv nach dem Telefonbuch. Er suchte eine Adresse heraus. Dann machte auch er sich auf den Weg.

Der Hamburger war warm und riesig und fettig. Justus lief das Wasser im Mund zusammen. Er sperrte ihn so weit auf wie möglich und biss herzhaft hinein.

»Wenn man dir so zusieht... du könntest glatt Werbung für dieses Zeug machen«, sagte Peter leicht angeekelt.

»Ich hätte nichts dagegen. Dann kriege ich bestimmt alles umsonst«, schmatzte Justus und biss gleich noch einmal ab. Justus und Peter saßen im Auto und beobachteten das Haus, in dem Caitlin wohnte. Hinter ihren Fenstern tat sich schon seit über einer Stunde nichts mehr.

Bald hatte Justus alles aus der Fastfood-Tüte, was Peter nicht vor ihm gerettet hatte, verputzt. Er warf den Müll auf den Rücksitz und zog einen Zettel aus der Hosentasche.

»Erstens«, sagte Peter. »Müll mein Auto nicht voll! Und zweitens: Was wird das jetzt? Willst du einen Brief schreiben? An Lys vielleicht?«

Justus unterdrückte einen Rülpser. »Erstens: Verzeihung. Und zweitens: Nein. Ich dachte, das Thema hätten wir abgehakt.«

»Vertagt«, verbesserte Peter. »Wir haben es nur vertagt.«

»Nun, wir müssen es ein weiteres Mal vertagen, denn wir haben jetzt Wichtigeres zu tun.« Justus wies auf den Zettel. Es war der Rätseltext.

»Meinst du, du kannst dich hier besser konzentrieren als in der Zentrale?«

»Ich bin immerhin satt und das ist die beste Voraussetzung«, antwortete Justus und vertiefte sich in das Zahlengewirr.

Je näher Bob seinem Ziel kam, desto nervöser wurde er. Ihm kamen Zweifel. Vielleicht war es doch keine gute Idee gewesen, sich auf eigene Faust auf den Weg zu machen. Was sollte er tun, wenn etwas schiefging? Wenn er sich irrte? Wenn er seine Fähigkeiten überschätzte und Hilfe brauchte?

Doch auf der anderen Seite hatte Bob das unbestimmte Gefühl, dass seine Nervosität unnötig war. Ihm würde nichts geschehen. Er würde lediglich ein Geheimnis lüften.

Schließlich erreichte Bob sein Ziel. Er griff in die Hosentasche und holte den Schlüssel hervor, den der unbekannte Angreifer letzte Nacht zusammen mit etwas Kleingeld und einem Einkaufszettel verloren hatte. Beweisstück D.

Als Bob vor der Tür stand, zitterte seine Hand leicht. Er atmete tief durch, schloss für einen Moment die Augen und steckte den Schlüssel ins Schloss.

Er passte.

Bob öffnete die Tür und trat ein. Nirgendwo brannte Licht. Bob beließ es dabei, um von draußen nicht gesehen zu werden. Leise und vorsichtig bewegte er sich durch die Dunkelheit. Mobimecs. Die Mobimecs fielen ihm als Erstes auf. Sie standen, saßen und lagen überall: auf der Treppe, auf Regalen. Schränken und Tischen. Es waren sogar zwei Schlupfkrabbler dabei. Einige der kupferfarbenen Figuren waren mit Schlüsseln ausgestattet, doch Bob widerstand der Versuchung, sie auszuprobieren. Mobimecs waren unberechenbar.

Schließlich hatte Bob genug gesehen. Er überlegte einen Moment, ob er nach Beweisen für seine Vermutungen suchen sollte. Aber im Grunde genommen war die Tatsache, dass der Schlüssel des Attentäters zu diesem Haus passte, schon Beweis genug. Es war also nicht mehr die Frage, *wer* für die Drohungen verantwortlich war. Sondern warum. Und das konnte ihm wohl nur die betreffende Person selbst beantworten.

Bob ging ins Wohnzimmer, setzte sich in einen Sessel und wartete. Und wartete. Irgendwo im Haus tickte eine Uhr. Bob zählte die Sekunden.

Er wartete so lange, bis er ein Geräusch an der Tür hörte. Bis die Tür geöffnet und irgendwo Licht eingeschaltet wurde. Bis sich Schritte näherten und jemand den Raum betrat.

Showtime, dachte Bob. stand auf und sagte: »Guten Abend!«

Ein Rätsel für Justus

»Bob!«

»So ist es.«

Der Schrecken und die Überraschung verflogen rasch und machten einer gewissen Grimmigkeit Platz. »Habt ihr mich also doch noch gefunden. Ich muss gestehen, ich hatte eher mit Justus gerechnet als mit dir.«

»Ich war derjenige, der herausgefunden hat, wer Justus letzte Nacht angegriffen hat.«

»Es war der Schlüssel, nicht wahr? Der hat dich auf meine Spur gebracht.«

»Richtig. Der Schlüssel und der Einkaufszettel.«

»Einkaufszettel? Ich habe einen Einkaufszettel verloren?«

Bob nickte. »Aber ich bin eigentlich nicht hier, um die Arbeit der drei ??? zu erklären. Vielmehr will ich wissen, was *Sie* antreibt. Ich schätze, Sie waren nicht nur für den Mobimec mit dem abgeschlagenen Kopf verantwortlich, sondern auch für den Sarg mit den Fragezeichen.«

Sein Gegenüber zuckte mit den Schultern. »Wie man's nimmt. Ich war die ausführende Hand. Verantwortlich ist jedoch jemand anderes.«

Bob überlegte einen Augenblick, ob er auf diesen Hinweis näher eingehen sollte, entschied sich dann jedoch dagegen. Das hatte Zeit. Im Moment war nur eine Frage wirklich wichtig. Eine Frage, die vermutlich der Schlüssel zum Ganzen war: zu Felix Kopperschmidt und seinem geheimnisvollen Meisterwerk.

»Warum? Warum wollten Sie uns unbedingt von unseren Ermittlungen abbringen?«

»Weil ihr euch auf gar keinen Fall weiter mit Felix Kopperschmidt und seinen Rätseln beschäftigen dürft. Das ruiniert den ganzen Plan. Wenn ihr die Rätsel löst, wird alles umsonst gewesen sein.«

Justus standen die Haare zu Berge. Nicht vor Schreck oder Verzweiflung, sondern weil er sie sich die letzten zwanzig Minuten gerauft hatte, während er halblaut endlose Zahlenreihen vor sich hin murmelte.

Peter betrachtete stirnrunzelnd die neue Frisur des Ersten Detektivs. Dann blickte er zu Caitlins Fenster hoch. Noch immer rührte sich nichts.

»Das mit den Zahlen ist Schwachsinn«, sagte Justus schließlich und sah von dem Zettel auf. »Absoluter Schwachsinn. Wie immer dieses Rätsel zu lösen ist, es steckt kein Zahlencode dahinter, da bin ich mir ziemlich sicher.«

»Bloß *ziemlich* sicher? Du enttäuschst mich, Just.«

»Okay: absolut sicher. Was gibt es sonst noch für Möglichkeiten, eine Botschaft zu verschlüsseln?«

»Buchstaben«, sagte Peter ins Blaue hinein. »Vielleicht sollen die Zahlen uns nur völlig bekloppt machen und eigentlich geht es um Buchstaben. Mit denen komme ich jedenfalls viel besser klar. Davon gibt es auch nicht so viele. Bloß sechsundzwanzig.« Peter war sich bewusst, dass er einfach drauflosgeredet hatte, ohne besonders darüber nachzudenken. Er hatte einfach das Gefühl gehabt, auch mal etwas sagen zu müssen. Scheinbar hatte er einen Volltreffer gelandet, denn Justus starrte ihn verblüfft an. »Die Idee ist gar nicht mal so blöd, Peter! Buchstaben!«

»Ja, schlau, was?« Peter grinste unsicher. »Aber es funktioniert nicht. Irgendwo kommt doch die dreiundsechzig vor. So viele Buchstaben gibt es nicht.«

»Nein. Aber Wörter. Wörter in diesem Text.« Justus tippte auf das Rätsel. »Wenn da steht: ›Nimm eins von zwei, nimm zwei von drei‹ und so weiter, dann bedeutet das vielleicht: Nimm den ersten Buchstaben des zweiten Wortes! Nimm den zweiten Buchstaben des dritten Wortes! Ja, genau! Dann ergibt auch der Rest einen Sinn! ›Die sieben da oder auch hier, einmal von zehn, das andre Mal von achtzehn, das ist ganz egal.‹ Das heißt, dass man den siebten Buchstaben entweder vom zehnten oder vom achtzehnten Wort nehmen kann, es spielt keine Rolle, weil die Buchstaben identisch sind!« Justus stürzte sich auf das Rätsel und begann, Wörter und Buchstaben zu zählen. »Es stimmt!«, rief er. »Sie sind wirklich identisch! Das ist der Schlüssel, Peter! Du hast es rausgefunden!«

Peter grinste bis über beide Ohren. Natürlich war ihm klar, dass Justus es herausgefunden hatte, nicht er. Aber das schien der Erste Detektiv nicht zu merken. Peter ließ ihn in dem Glauben. »Los, jetzt lösen wir das Rätsel!« Justus zückte einen Stift und notierte nach und nach Buchstaben, die er einzeln aus dem Text abzählte und herausschrieb. Zeichen für Zeichen setzte sich die Botschaft zusammen. »›Vom Allerletzten nehmt die zwei, dann ist die Rätseljagd vorbei‹«, las Justus vor. »Mit dem Allerletzten ist das allerletzte Wort des Textes gemeint. Das lautet ›Pfad‹. Also lautet die Lösung F.« Justus schrieb den letzten Buchstaben auf und sah sich an, was sich daraus ergeben hatte: SECHSACHTFÜNF.

»Sechs, acht, fünf«, las Peter laut vor. »Mensch, Just! Das ist es wirklich! Sechs, acht, fünf! Eine Art Code oder so! Wir haben es geschafft!« Doch seine Euphorie verflog so schnell, wie sie gekommen war. »Nur … was fangen wir damit an?«

Justus überlegte einen Augenblick. Dann erhellte sich sein Gesicht. »Aber natürlich! Klar! Hier steht's doch!«

Peter runzelte die Stirn. »Wo steht was?«

»Im Rätseltext: ›Ihr sucht den Pfad, der dorthin führt, wo Schwarz gewinnt und Weiß verliert. Doch braucht's den Schlüssel, braucht's die Zahl, die richtet und verbiegt den Stahl.‹ Damit ist diese Zahl hier gemeint.«

Doch der Zweite Detektiv verstand immer noch nicht. »Ja, und? Was denn für ein Stahl?«

»›Hat jemand unsren Zug gesehn?‹«, zitierte Justus eine weitere Stelle aus dem Rätselgedicht. »Na, was ist, Peter? Kommst du immer noch nicht drauf?«

Peter antwortete nicht auf die Frage. Er richtete sich

plötzlich kerzengerade auf und starrte aus dem Fenster. »Er kommt!«

»Wer?«

»George! Er verlässt gerade das Haus! Und geht auf seinen Wagen zu!«

Die beiden Detektive beobachteten, wie George ins Auto stieg und losfuhr.

»Hinterher!«, sagte Justus. »Und wehe, er fährt nicht nach Hause!«

Die Fahrt dauerte nicht sehr lang. Gekonnt verfolgte Peter Caitlins Freund, bis dieser nur wenige Meilen entfernt vor einem kleinen Einfamilienhaus in Venice hielt. Peter parkte in sicherem Abstand, und die beide Detektive warteten, bis George ausgestiegen und in dem Haus verschwunden war.

»Und jetzt?«, fragte Peter.

»Jetzt probieren wir aus, ob der Schlüssel passt«, antwortete Justus und stieg aus dem Wagen.

»Ich … bleibe lieber hier, okay?«, schlug Peter vor.

Justus nickte wohlwollend und schlug die Tür zu. Während er auf das Haus zu ging, kramte er in seiner Hosentasche nach dem Schlüssel.

Da war kein Schlüssel.

Er probierte es mit der Jackentasche. Nichts. Der Schlüssel war nicht da. Justus versuchte, sich zu erinnern. Hatte er ihn überhaupt eingesteckt? Irgendwer hatte ihn mitgenommen, da war er sicher. Dann fiel es ihm ein: Bob.

Justus eilte zurück zum Wagen und stieg ein.

»Was ist? Was ist los?«

»Wir müssen in die Zentrale. Fahr los!«

Die Zentrale war verlassen. Bob war nicht da. Und der Schlüssel lag weder auf dem Schreibtisch noch sonst wo. Justus fluchte. »Das darf doch nicht wahr sein! Wie konnten wir nur den Schlüssel vergessen!«

»Wo steckt Bob denn überhaupt?«, fragte Peter. »Zu Hause?«

»Ich habe keine Ahnung. Er wollte es mir nicht sagen.«

»Er wollte es dir nicht sagen? Aber warum denn nicht?«

»Weil ich in geheimer Mission unterwegs war.«

Peter und Justus drehten sich um. Bob war in der Tür aufgetaucht. »Bob!«, rief Peter. »Wo kommst du denn auf einmal her?«

»Ich hatte ein Treffen. Mit einem Informanten.«

Das gefiel dem Ersten Detektiv gar nicht. »Mit einem Informanten? Bob, was geht hier vor sich?«

Bob lächelte schwach. »Ich habe ein Rätsel gelöst. Ganz alleine diesmal. Und die Lösung hat den gesamten Fall gehörig durcheinandergewirbelt.«

»Wir haben auch ein Rätsel gelöst«, sagte Peter. »Das Zahlenrätsel. Stell dir vor, es ist ein Code! Und zwar für –«

»Ich weiß, wofür der Code ist. Aber ich hoffe, ihr habt es sonst noch niemandem erzählt.«

»Nein«, antwortete Peter verwirrt. »Wir haben George beschattet, hatten aber den Schlüssel nicht bei uns und –«

»Vergesst George! Und vergesst am besten auch das Rätsel. Alle Rätsel.«

»Bob«, sagte Justus mühsam beherrscht. »Würdest du uns bitte endlich sagen, was du weißt?«

Bob seufzte und setzte sich hin. »Gestern hast du einen sehr interessanten Gedanken gehabt, Justus. Erinnerst du dich, wie wir über das Zahlenrätsel sprachen und darüber, dass die einzelnen Rätsel gar nicht richtig zusammenpassen? Da sagtest du, die Rätsel könnten für verschiedene Personen verfasst worden sein. Damit hast du den Nagel auf den Kopf getroffen.«

»Was meinst du damit?«

»Felix Kopperschmidt *hat* die Rätsel für verschiedene Personen geschrieben. Aber nicht für uns. Dadurch dass wir sie gelöst haben, haben wir alles in Gefahr gebracht und ohne es zu wissen beinahe Kopperschmidts Meisterwerk zerstört.«

»Bob!«, wiederholte Justus ungehalten. »Jetzt erzähl endlich von Anfang an!«

Bob nickte. Und dann berichtete er, was er herausgefunden hatte. Justus und Peter hörten ihm schweigend zu. Und kamen aus dem Staunen gar nicht mehr heraus.

»Aber natürlich!«, sagte Justus schließlich. »Jetzt macht alles einen Sinn! Wir haben uns tatsächlich nie gefragt, in was für einem Zusammenhang die Rätsel eigentlich standen. Ein Rätsel, das körperlichen Einsatz erfordert, ein Rätsel, in dem es um Heilige und geschichtliche Hintergründe geht, und ein Zahlen- und Buchstabenrätsel. Auf den ersten Blick eine ziemlich willkürliche Mischung. Auf den zweiten jedoch ...«

»Sehr genau geplant und überhaupt nicht mehr willkürlich«, beendete Peter den Satz. »Und wir hätte beinahe alles vermasselt. Aber was sollen wir jetzt tun? Können wir den Schaden wieder gutmachen?«

Justus zupfte ohne Pause an seiner Unterlippe und

schwieg lange Zeit. Dann nickte er langsam. »Können wir. Indem wir alles zurück auf Anfang stellen, soweit es geht. Und dann abwarten, ohne uns einzumischen. An die Arbeit, Kollegen!«

Achtzehn Stunden später war der Pfadfinder mitsamt seinem Santa-Monica-Rätsel wieder bei der Schwarzen Dame. In der Blumenerde neben dem Altar von St. Augustine by-the-Sea steckte diesmal das Turm-Rätsel mit leicht geändertem Text. Und hoch oben im roten Turm, den der Zweite Detektiv ein weiteres Mal erklommen hatte, war nun das Zahlenrätsel versteckt. Danach rief Justus bei Craig an, um ihm zu sagen, dass sich das Holzkästchen seines Vaters nun wieder in Virginia Loughlins Besitz befände und er sich mit seinen Geschwistern schon selbst hinbegeben müsste, wenn er es wiederhaben wollte. Nachdem Justus aufgelegt hatte, lehnte er sich entspannt zurück und verschränkte die Arme hinter dem Kopf. »Jetzt«, seufzte er, »lassen wir den Dingen ihren Lauf.«

Ein Pfad für den Hausexpress

Es dauerte zwei Wochen, bis die drei Detektive wieder etwas von Familie Kopperschmidt hörten. Sie halfen gerade Onkel Titus auf dem Schrottplatz beim Sortieren defekter Küchengeräte, als das Telefon in der Zentrale klingelte. Justus rannte los und schaffte es gerade noch zum Hörer, bevor der Anrufbeantworter ansprang. Es war ihr Informant.

»Justus? Ich bin's. Es ist so weit. Sie haben es geschafft. Wir treffen uns heute Abend um acht im Kopperschmidt-Haus. Wollt ihr auch kommen?«

»Aber selbstverständlich wollen wir!«, rief Justus hocherfreut. »Aber wie wollen Sie den Kopperschmidts unsere Anwesenheit erklären?«

»Da wird mir schon etwas einfallen. Bis heute Abend!«

Als die drei ??? das Haus von Felix Kopperschmidt erreichten, standen bereits die Wagen von Jeremy, Caitlin und Mr Quinn vor der Tür. Sie sahen, wie Caitlin und George das Haus betraten.

»Gerade noch rechtzeitig«, sagte Bob. »Ich will nichts verpassen!«

»Meine Sorge ist eher, dass sie uns nicht reinlassen«, gab Peter zu bedenken.

Doch Justus winkte ab. »Werden sie. Schließlich stellen wir jetzt keine Gefahr mehr dar. Außerdem haben wir zwei Leute auf unserer Seite.«

Peter beeilte sich, als Erster bei den beiden Ritterrüstungen zu sein, damit er auf den Mechanismus treten konnte.

Bob brachte den Löwen zum Niesen. Kurz darauf öffnete Anthony Quinn die Tür. Er lächelte erfreut und raunte: »Kommt schnell rein! Caitlin ist gerade angekommen und hat die Lösung des Rätsels mitgebracht! Es geht gleich los!«

»Was sollen wir… ich meine, wie sollen wir auftreten?«, fragte Justus.

»Haltet euch am besten zurück. Wenn ihr euch nicht einmischt, werde ich es schon irgendwie hinbiegen.«

Als die drei Detektive den Wohnraum betraten, wandten sich alle Anwesenden zu ihnen um. Martha Lynn zwinkerte ihnen zu. Craig und Jeremy wagten ein zaghaftes Lächeln. Nur Caitlin und George wirkten feindselig wie immer. Eines fiel jedoch sofort auf: Die Stimmung unter den Geschwistern hatte sich gewandelt. Die Aggression, die beim ersten Familientreffen vor knapp drei Wochen noch deutlich spürbar in der Luft gelegen hatte, war verflogen.

»Was haben die denn hier zu suchen?«, fragte Caitlin und sah Mr Quinn herausfordernd an.

»Ich war so frei, den drei Detektiven von diesem Treffen zu erzählen und sie einzuladen«, antwortete Quinn.

»Und wozu soll das gut sein?«

»Sie taten mir leid. Schließlich waren sie mit vollem Eifer bei der Sache, bevor wir sie nach Hause geschickt haben. Außerdem haben sie die Höhle des Schlupfkrabblers für uns gefunden. Ich war der Meinung, dafür haben sie eine Belohnung verdient. Sie sollen miterleben, wie die Geschichte ausgeht.«

»Wir werden Sie auch bestimmt nicht stören«, fügte Peter hinzu. »Sie bemerken uns gar nicht. Wir sind völlig unsichtbar.«

»Von mir aus«, sagte Craig gleichgültig, und auch Jeremy nickte zustimmend.

Caitlin war weniger begeistert. Doch Justus konnte sehen, wie sie sich auf die Zunge biss, um ihren scharfen Kommentar für sich zu behalten. Auch das war eine neue Entwicklung. Vor drei Wochen hätte sie ihren Geschwistern selbst dann widersprochen, wenn sie mit ihnen einer Meinung gewesen wäre. Sie wandte sich ab. Vermutlich hatte sie beschlossen, die drei ??? zu ignorieren.

»Du warst gerade dabei, uns die Lösung zu präsentieren«, erinnerte Jeremy seine Schwester.

»Ja. War ich. Bevor diese drei ... na ja, egal. Also, ich habe das Rätsel gelöst. Es war nicht ganz einfach, aber schließlich war ich früher nicht umsonst diejenige, die stundenlang mit Dad auf dem Fußboden saß und sich mit ihm gemeinsam Geheimschriften und Verschlüsselungscodes ausgedacht hat.«

»Ja, du warst schon immer unser Genie«, sagte Craig. Justus war sich nicht sicher, ob es spöttisch oder anerkennend gemeint war. Auch Caitlin warf ihrem Bruder erst einen giftigen Blick zu, bevor sie sich wieder entspannte. »Ich erspare euch die Details. Fest steht, dass ein dreistelliger Code dabei herausgekommen ist. Und in Verbindung mit den Zeilen ›Doch braucht's den Schlüssel, braucht's die Zahl, die richtet und verbiegt den Stahl‹ kann das nur eines bedeuten.«

»Der Hausexpress!«, rief Jeremy. »Damit ist der Hausexpress gemeint! Der dreistellige Code verstellt die Weichen, den Stahl, und setzt den Zug schließlich in Bewegung.«

»Richtig.«

»Aber wie soll uns der Hausexpress weiterhelfen?«, fragte Craig verständnislos. »Wir wissen, wohin er fährt. Wir kennen sämtliche Routen auswendig. Ich benutze ihn nach wie vor täglich.«

»Es ist ein Code, den keiner von uns je benutzt hat«, erklärte Caitlin. »Sechs, acht, fünf.«

»Sechs, acht, fünf?«, wiederholte Craig. »Aber das

ist totaler Blödsinn. Bei dieser Kombination wird der Zug nirgendwo hinfahren.«

»Offenbar doch.«

Craig zögerte einen Augenblick, dann trat er zu der Kontrolltafel, die auch in diesem Raum an der Wand hing.

»Es gibt nur eine Handvoll Kombinationen«, raunte Mr Quinn den drei Detektiven derweil zu. »Für jeden Raum im Haus eine. Sechs, acht, fünf gehört nicht dazu.«

Craig drückte auf die Taste, die den Zug zu ihm rief. Es dauerte einige Augenblicke, dann kam der Hausexpress ratternd und surrend aus der Wand ins Wohnzimmer gefahren und stoppte direkt vor Craigs Nase. »Wenn du wirklich recht hast, Caitlin, dann …« Er führte den Satz nicht zu Ende. Stattdessen tippte er den Code in die Schalttafel.

Es dauerte keine Sekunde, da setzte sich der Hausexpress in Bewegung. Ein verblüfftes Raunen ging durch den Raum.

»Er fährt!«, rief Jeremy. »Er fährt tatsächlich!«

»Aber wohin?«, fragte Caitlin.

Ohne sich vom Fleck zu rühren, verfolgten alle Anwesenden die Fahrt des Zuges einmal durch den ganzen Raum. Die Lokomotive stieß einen Pfiff aus, dann verschwand der Hausexpress in der Wand.

Plötzlich stürzten alle zur Tür, um den Zug nicht aus den Augen zu verlieren. Es gab ein kurzes Gedränge. Doch Caitlins Ellbogeneinsatz war so massiv, dass sie sich als Erste nach draußen quetschte.

»Er fährt in die Küche!«, rief sie, und alle strömten in die Küche. Der Hausexpress fuhr einmal an der

Wand entlang und auf der anderen Seite durch den Tunnel wieder hinaus.

»Ins Arbeitszimmer!«, rief Jeremy, und im Nu waren alle wieder in der Halle und eilten von dort aus ins Arbeitszimmer. Auch hier drehte der Hausexpress eine Runde und fuhr auf der anderen Seite wieder hinaus. Diesmal kam er im Flur an. Steuerte auf die Treppe zu. Und entschied sich an einer Weiche für den leicht ansteigenden Abzweig in den ersten Stock.

»Nach oben!«

Die drei Kopperschmidt-Geschwister, Martha Lynn, George, Anthony Quinn und die drei ??? stolperten die Treppe hinauf und folgten dem Zug in ein ehemaliges Kinderzimmer. Auch hier drehte der Zug seine Runde und verschwand in der Wand.

»Ins Bad!«, rief Craig, drückte sich an den anderen vorbei und riss die Nebentür ins Badezimmer auf. Und so abrupt, wie sie begonnen hatte, endete die wilde Jagd. Der Zug war verschwunden. »Was –«

»Wo ist er?«

»Das gibt es doch nicht!« Caitlin war erschüttert. »Craig! Der Zug ist doch gerade eben in diese Wand gefahren! Er hätte auf dieser Seite herauskommen müssen! Was ist passiert?«

»Wenn ich das wüsste.«

»Aber das ist unmöglich!«, rief Jeremy. »Wie kann das –«

»Schhh!!«, machte Justus und legte den Finger an die Lippen. »Seien Sie still! Da ist ein Geräusch!«

Alle verharrten, hielten den Atem an und fixierten das Loch in der Wand, aus dem der Hausexpress eigentlich hätte herauskommen sollen. Da war tatsächlich ein Geräusch. Das vertraute Surren, Knacken und Quietschen eines Mobimecs. Es kam direkt aus der Wand.

»Der Zug ist in der Wand«, flüsterte Justus schließlich. »Da muss ein Hohlraum sein. Ein Geheimversteck!«

»Dad muss es schon beim Bau des Hauses angelegt haben«, flüsterte Caitlin ehrfürchtig. »Das ist der Ort, an dem Schwarz gewinnt und Weiß verliert. In der Wand gibt es kein Licht, es ist also immer schwarz.«

»Aber das ist unmöglich!«, widersprach Craig. »Wir hätten das Versteck längst entdecken müssen!«

»Nicht unbedingt«, meinte Martha Lynn. »Der Zug hält nur mit dem geheimen Code in dem Versteck. Sonst fährt er immer hindurch. Es ist ganz einfach nie jemandem aufgefallen, dass da ein Hohlraum ist.«

Noch immer drang das Knacken und Knirschen aus der Wand. »Ob dort Dads Meisterwerk versteckt ist?«, raunte Caitlin.

Gebannt warteten sie, was passieren würde. Schließlich verklangen die Geräusche und das vertraute Summen des Hausexpresses setzte wieder ein. Langsam kam er aus der Wand getuckert, fuhr noch ein Stück vor und kam schnaufend zum Stehen. Die drei Waggons, die er hinter sich herzog, waren nicht mehr leer. Der Mechanismus, der in der Wand versteckt war, hatte sie beladen. Nun beförderte der Hausexpress drei kleine Holzkisten, die alle mit dem vertrauten Kopperschmidt-Logo versehen waren. Zusätzlich stand noch je ein Name darauf: Craig, Caitlin, Jeremy.

Schweigend blickten die drei Geschwister die unerwartete Fracht an.

»Es ist wie damals an Weihnachten«, flüsterte Caitlin. »Da hat der Hausexpress immer die Geschenke gebracht.«

Als sie näher traten, sahen sie, dass noch etwas auf die Holzkisten geschrieben worden war. Unter ihren Namen stand jeweils ein Zweizeiler in der verschnörkelten Handschrift von Felix Kopperschmidt.

Craig las laut vor, was auf seiner Kiste stand: »›Das Ende eurer Jagd ist da, der Zeitpunkt der Erkenntnis nah.‹«

»›So wie's begann, wird sein der Schluss: Ein Ort gefunden werden muss‹«, fuhr Caitlin fort.

Und schließlich Jeremy: »›Den Weg, den weist euch dieser Zwerg: Dort findet ihr mein Meisterwerk.‹«

»Was bedeutet das?«, fragte Peter laut.

»Das werden wir wohl erfahren, wenn jemand diese drei Kisten öffnet«, bemerkte Justus und erntete einen strafenden Blick von Caitlin.

»Schlauberger«, zischte sie und griff nach der Kiste, auf der ihr Name stand. Sie öffnete sie vorsichtig, blickte hinein und stöhnte leise. »Oh, nein.«

»Was?«, fragte Peter neugierig. »Was ist denn drin?«

Doch Caitlin beachtete ihn gar nicht.

Nun griffen auch Craig und Jeremy nach ihren Kisten und öffneten sie. Ihre Reaktionen waren ernüchternd. »Das kann doch nicht wahr sein!«

»Was denn?«, wiederholte Peter.

Jeremy gewährte den drei ??? einen Blick. Der Behälter war gefüllt mit … nun, zunächst sah es aus wie Schrott. Kleinteiliger Kupferblechschrott. Bob war der Erste, der erkannte, was es war. »Das ist ja ein Mobimec! Und zwar in seine Einzelteile zerlegt.«

»Ui, das sind aber verflucht viele Einzelteile«, bemerkte Peter. »Ist er kaputtgegangen?«

»Nein«, knurrte Caitlin. »Er war nie ganz. Dieser Mobimec muss erst noch zusammengesetzt werden.« Sie sah zu ihren Geschwistern. »Und zwar von uns.«

Craig und Jeremy nickten langsam. Und wie auf Kommando drehten sich alle drei um und verließen das Badezimmer, die Kisten mit den Mobimec-Teilen wie Reliquien vor sich her tragend.

»Caitlin, was –«, begann George fragend.

»Wir haben jetzt zu tun, George!«, war die knappe Antwort. Dann eilten die drei Geschwister die Treppe hinunter.

»Sie gehen in den Keller«, erklärte Mr Quinn. »Dort befindet sich eine Werkstatt. Sie werden den Mobimec zusammensetzen, wie sie es von ihrem Vater gelernt haben. Nun heißt es also warten.«

Die drei ???, George, Martha Lynn und Anthony Quinn warteten lange. Justus, Peter und Bob gingen langsam im Raum auf und ab und ertappten sich immer wieder dabei, wie sie in der Nähe der Tür die Ohren spitzten und lauschten. Noch vor wenigen Wochen hätten sich die drei Geschwister vermutlich innerhalb kürzester Zeit angeschrien und die Türen geknallt. Doch nun war nicht der kleinste Laut aus dem Keller zu hören. Es herrschte eine konzentrierte Stille.

»Die letzten zwei Wochen waren wirklich erstaunlich«, brach Mr Quinn das Schweigen. »Während die drei mit dem Lösen der Rätsel beschäftigt waren, haben sie gelernt, miteinander zu reden, ohne sich nach fünf Minuten anzuschreien. Natürlich ist es nicht so wie früher. Aber ich glaube, sie sind auf einem guten Weg. Allen dreien ist inzwischen klar, dass es Wichtigeres gibt als Erbschaftsstreitereien und falschen Stolz.« Schließlich, nach knapp zwei Stunden, kehrten Caitlin, Jeremy und Craig ins Wohnzimmer zurück. Jeremy trug einen Mobimec in den Händen. Die Figur sah aus wie ein Lehrer oder Professor: mit Anzug, streng gescheiteltem Haar und einer dicken Brille. Der Mobimec war größer als gewöhnlich und reichte Jeremy, als er ihn auf den Boden stellte, bis fast zu den Knien.

»Ihr habt es geschafft«, bemerkte Mr Quinn. »Was tut er?«

»Wir wissen es nicht«, antwortete Craig. »Wir haben ihn noch nicht ausprobiert. Aber das werden wir jetzt ändern. Caitlin?« Caitlin trat vor, zückte den Schlüssel, der in einer der Kisten gelegen hatte, ging neben dem Mobimec in die Knie und steckte den Schlüssel in die Rückenöffnung. Dann zog sie ihn auf, ließ den Schlüssel los und trat zurück.

Der Mobimec setzte sich in Bewegung. Mit hinter dem Rücken verschränkten Armen und vorgebeugtem Oberkörper durchschritt er quietschend und knirschend den Raum, bis er schließlich nach einigen Metern mit der Stirn gegen die Wand stieß. Doch anders als jedes andere Blechspielzeug der Welt registrierte der Mobimec, wo er sich befand. Er hob den linken Arm und stützte sich damit an der Wand ab. Dann schob sich plötzlich aus seinem rechten Handgelenk ein winziger Stift. Und mit diesem Stift begann der Mobimec, auf die weiße Tapete zu malen. Wie ein Lehrer, der an der Tafel steht und ein Stück Kreide in der Hand hält. Ruckend und zuckend, aber gleichzeitig unglaublich präzise bewegte sich der mechanische Arm an der Wand entlang und ließ mithilfe des Stiftes ein Bild entstehen. Es war eine gerade Linie, die nach einigen Zentimetern im rechten Winkel abknickte, dann einen Halbkreis beschrieb und über weitere rechte Winkel zu ihrem Ausgangspunkt zurückkehrte. Ein Umriss von irgendetwas. Dann machte der Mobimec innerhalb des Umrisses ein Kreuz. Schließlich nahm er die Arme wieder herunter, trat zur Seite, um freie Sicht auf die gemalte Form zu gewähren, und stand still. Mit einem letzten Surren drehte sich der Schlüssel bis zum Ende.

Die drei ??? hatten alles mit angehaltenem Atem beobachtet. Die Präzision, mit der der Mobimec sich bewegt hatte, war faszinierend. Aber nicht weniger erstaunlich war das, *was* er getan hatte.

»Das sieht aus wie eine Schatzkarte!«, fiel Peter auf, und er wandte sich an Craig: »Meinen Sie, dass das Kreuz den Ort anzeigt, an dem das Meisterwerk Ihres Vaters versteckt ist?«

Craig nickte. »Das könnte gut sein.«

»Aber die Frage ist: Was zeigt uns dieser Umriss?«, überlegte Jeremy. »Es sieht nicht aus wie eine Insel oder ein Land oder eine Stadt.«

Bob biss sich auf die Lippe. Er hatte den Umriss in der Sekunde erkannt, in der der Mobimec ihn fertig gestellt hatte. Aber es war nicht seine Aufgabe, dieses letzte Rätsel zu lösen. Das mussten Craig, Caitlin und Jeremy selbst tun. Andererseits ... ein kleiner Tipp konnte vielleicht nicht schaden. »Vielleicht ist es etwas sehr Naheliegendes. Etwas, das direkt mit Ihrem Vater zu tun hat.«

»Natürlich!«, rief Caitlin. »Es ist der Umriss eines Gebäudes! Der Umriss der Spielzeugfabrik!«

Bob seufzte erleichtert. Genau das war auch seine Meinung gewesen. Diesen Gebäudegrundriss hatte er nämlich bei seinen Recherchen über die Firma Kopperschmidt entdeckt.

»Wo befindet sie sich?«, fragte Justus.

»In Simi Valley. Die Werkshalle ist seit dem Ende der Firma Kopperschmidt verlassen.«

»Aber sie ist auch vollkommen leer«, sagte Jeremy. »Die Fabrik war der erste Ort, an dem ich nach Dad gesucht habe, nachdem er vor Wochen verschwand. Da ist nichts.«

Statt zu antworten, trat Caitlin zur Wand und wies auf die Zeichnung. »Dies hier *ist* die Spielzeugfabrik. Was bedeutet, dass wir dorthin fahren müssen. Wir alle. Jetzt.«

Ein Ei für alle

Die Fabrik lag am Rande von Simi Valley in einer verlassenen, wilden Gegend. In einem kleinen Tal, das von teils grün bewachsenen, teils vertrockneten Hügeln eingeschlossen war, duckte sich eine alte, verwaist aussehende Halle mit Wellblechdach neben einem staubigen Parkplatz. Der Weg dorthin war nicht einmal eine richtige Straße, und Peter hatte in der Dunkelheit mehr als einmal Schwierigkeiten, nicht mitten in der Wildnis zu landen.

Den ganzen Weg hierher hatte niemand ein Wort gesprochen. Als die drei Detektive ausstiegen, waren die einzigen Laute das Zirpen der Grillen und das Knirschen ihrer Schritte auf der trockenen Erde.

Der Eingang zur Werkshalle war ein verrostetes Rolltor, das heruntergelassen und abgeschlossen war. Doch Jeremy hatte einen Schlüssel. Das Rasseln und Scheppern des Tores wirkte in dieser Umgebung so fehl am Platz, dass es Justus einen leichten Schauer über den Rücken jagte.

Hinter dem Tor herrschte Dunkelheit. Craig tastete sich zu einem Lichtschalter vor, doch der funktionierte nicht. »Was nun?«

»Warten Sie, ich habe eine Taschenlampe im Wagen!«, sagte Peter und machte sich auf den Rückweg zum MG, um kurze Zeit später mit einer Lampe in der Hand zurückzukehren. Er reichte sie Craig. Der schaltete sie ein und leuchtete in die Werkshalle. Die Tische, an denen noch vor wenigen Jahren die Mobimecs in mühevoller Handarbeit hergestellt worden waren, standen noch da. Doch all das Werkzeug, das die Kopperschmidt-Mitarbeiter benötigt hatten, war verschwunden. Es gab keine Stühle mehr, keine Lampen, keine Arbeitsmaterialien, keine Schränke. Die Halle wirkte wie ein verwaister Flugzeughangar. Bis auf ein befremdliches, mannshohes Objekt, das ganz hinten fast in den Schatten verschwand.

»Dieses Ding da«, flüsterte Jeremy. »Was ist das? Es war das letzte Mal noch nicht hier.«

»Es steht genau an der Stelle, an der der Mobimec das Kreuz gemacht hat!«, bemerkte Caitlin und lief aufgeregt in die Dunkelheit, bis sie schließlich direkt davor stand. Alle anderen folgten ihr neugierig.

Es war eine Art Ei. Ein Ei aus Kupfer, groß wie ein Schrank, mit angelaufenen Schweißnähten und kleinen Scharnieren und Schrauben. Und einer Öffnung, in der ein großer Schlüssel steckte. Das Licht der Taschenlampe schimmerte geheimnisvoll auf der rotbraunen Oberfläche.

Die drei Detektive hatten so etwas noch nie gesehen. Doch auch für die Geschwister war ein riesiges Kupfer-Ei nicht alltäglich. Jeremy räusperte sich. »Meint ihr, das ist…«

»Dads Meisterwerk«, sagte Craig. »Das muss es sein.«

»Aber wie kommt es hierher?«, wunderte sich Jeremy. »Wo ist es vorher gewesen? Und vor allem… was ist es?«

Plötzlich waren Schritte zu hören. Sie näherten sich aus einem Schatten in der hintersten Ecke der Halle. Alle drehten sich um und starrten mit angehaltenem Atem in die Dunkelheit. Craig hob die Taschenlampe. Der Lichtkegel zitterte leicht. Dann erfasste er die Gestalt, die auf sie zukam. Sie war ganz in Schwarz gekleidet und hatte einen vornehmen Gang. »Das werdet ihr erfahren, sobald ihr es benutzt«, sagte sie.

»Die Schwarze Dame!«, entfuhr es Craig. »Ich… ich meine, Mrs Loughlin.«

»Was tun Sie denn hier?«, wollte Caitlin wissen.

»Ich habe euch erwartet.«

»Sie wussten, dass wir kommen würden?«

Virginia Loughlin nickte.

»Das heißt, Sie wussten die ganze Zeit über, wo Dads Meisterwerk versteckt ist? Warum haben Sie uns denn nichts gesagt?«

»Weil es wichtig war, dass ihr selbst den Weg hierher findet. Alle zusammen.«

»Wissen Sie etwa auch, wo unser Vater ist?«, fragte Jeremy. Sie nickte zum zweiten Mal.

»Dann sagen Sie es uns!«, verlangte Jeremy.

»Wenn ihr sein Meisterwerk vor der Vernichtung rettet, wird er von selbst zurückkommen«, antwortete sie geheimnisvoll.

»Vor der Vernichtung?«, fragte Caitlin. »Aber... es steht doch vor uns! Jetzt kann doch nichts mehr passieren. Oder?«

»Das ist nur eine Hülle. Das Meisterwerk eures Vaters befindet sich im Innern.«

»Was ist es?«, fragte Caitlin weiter.

»Findet es selbst heraus!«, antwortete die Schwarze Dame und wies einladend auf das Ei.

Caitlin zögerte. »Wir wissen nicht, was passieren wird, wenn wir es in Gang setzen.«

Virginia Loughlin lächelte. »Es wird sich öffnen.«

Wieder starrten alle auf das Ei aus Kupfer und versuchten, sich vorzustellen, was sich darin befinden mochte. Caitlin griff schon nach dem Schlüssel, doch dann hielt sie inne. Sie ließ ihre Hand sinken und sah zu Craig. »Möchtest du?«

Craig war sichtlich überrascht von ihrem Angebot. Doch dann schüttelte er lächelnd den Kopf und leuchtete ihr mit der Lampe. »Nur zu!«

Caitlin drehte den Schlüssel. Knackend wurde die Feder im Innern des Eis aufgezogen. Und mit jeder Umdrehung wuchs die Anspannung bei allen Beteiligten. In wenigen Augenblicken würden sie das Geheimnis um das Meisterwerk von Felix Kopperschmidt lüften.

Caitlin ließ den Schlüssel los. Fünf Sekunden lang surrte und knackte es im Innern des Eis, die Schale erzitterte leicht und unwillkürlich traten alle einen Schritt zurück. Dann brach plötzlich ein Lichtstrahl aus einem winzigen Riss in der oberen Hälfte der Schale. Der Riss wurde breiter, das Licht heller und schließlich beleuchtete das Ei die halbe Halle. Ein weiterer Riss entstand, der quer zum ersten verlief, und teilte die obere Eihälfte nun in vier Segmente, die langsam wie bei einer sich öffnenden Blüte nach außen klappten.

Das Licht war so grell, dass die drei ??? einige Sekunden lang zu geblendet waren, um irgendetwas zu erkennen. Doch dann, als sich das Ei vollends geöffnet hatte, wurde das Licht schwächer, bis es schließlich in einem warmen Gelb das Objekt beschien, das sich im Innern befand. Das Objekt, auf das nun alle Augen gerichtet waren.

Es war ein Bild.

Ein Foto in einem Metallrahmen.

Zögernd traten sie näher heran. Schließlich erkannte Justus, wer auf dem Foto abgebildet war: Es waren Felix Kopperschmidt in jüngeren Jahren und seine drei Kinder: Caitlin als kleines Mädchen saß auf den Knien ihres Vaters, Jeremy stand daneben und Craig als Teenager lehnte sich auf der anderen Seite an Felix' Schultern. Alle vier strahlten in die Kamera. Eine glückliche Familie.

Schweigend starrten alle das Bild an. Niemand rührte sich. Eine unheimliche Stille breitete sich aus. Die Anspannung der letzten Stunden verschwand und hinterließ eine irritierende Leere.

»Ich … ich verstehe das nicht«, flüsterte Caitlin endlich. »Das soll das Meisterwerk sein?«

Einen Moment lang wusste niemand eine Antwort. Dann erklärte Mrs Loughlin: »Als ich sagte, das Meisterwerk befände sich im Innern, meinte ich nicht das Innere des Eis.«

»Sondern …«, begann Caitlin.

»In uns«, beendete Jeremy den Satz. »Wir. Wir sind das Meisterwerk.« Wieder herrschte sekundenlanges Schweigen. »Das Großartigste, was Felix Kopperschmidt je erschaffen hat, sind wir. Seine Kinder. Seine Familie.«

»Kann das wirklich sein?«, fragte Caitlin ungläubig.

»›Es liegt schon lange Zeit zurück, da schuf ich, fast durch pures Glück, ein Meisterwerk, so wunderbar und wertvoll, wie kein andres war‹«, zitierte Craig das Gedicht seines Vaters aus dem Gedächtnis. »Wir drei waren für Dad immer das Wichtigste auf der Welt. Das Wunderbarste und Wertvollste, das weit vor seiner Arbeit kam. ›Doch nun ziehn dunkle Wolken auf, die Dinge nehmen ihren Lauf: Der größte Feind, den ich je kannt', hat mich nun fest in seiner Hand. Ich weiß, dass er, dies ist sein Ziel, mein Meisterwerk vernichten will.‹« Craig seufzte und setzte zu einer Erklärung an, doch Jeremy kam ihm zuvor.

»Neid. Missgunst. Hass. Sie sind der größte Feind, den Dad je gekannt hat. Und sie haben unsere Familie vor Jahren zerstört.«

Craig nickte. »Der Streit, der damals um Moms Erbe entbrannte, hat aus der ehemals glücklichen Familie Kopperschmidt einen Haufen untereinander völlig zerstrittener Fremder gemacht. Dad hat immer wieder versucht, uns miteinander zu versöhnen. Aber wir haben nicht auf ihn gehört. Wir waren zu starrsinnig, zu stolz und rechthaberisch. Jahrelang. Irgendwann hat Dad es aufgegeben.«

»Und er war todunglücklich deswegen«, fuhr Caitlin mit tonloser Stimme fort. »Er hat es mir oft erzählt. Und ich wusste, wie sehr es ihm wehtat, dass seine Familie auseinandergebrochen war. Aber wir waren nicht in der Lage, über unseren eigenen Schatten zu springen.« Caitlins Blick wanderte von einem Bruder zum anderen. Aber es lag kein Vorwurf in ihren Worten oder in ihren Augen.

Sie trat an das Foto heran und strich über den Rahmen. »Wisst ihr eigentlich, was das bedeutet?«

»Was meinst du?«, fragte Jeremy.

»Dass wir hier sind. Wir alle. Dass wir nach zwei Wochen Rätselraten vor diesem Bild stehen. Wisst ihr, was das heißt? Dad hat sich das alles ausgedacht! Er hat die ganze Rätseljagd und jeden einzelnen Mobimec erfunden und gebaut. Er hat Spuren gelegt und Hinweise gestreut. Er hat alles bis ins Detail vorbereitet und geplant. Und dann ist er verschwunden. Aus einem einzigen Grund.« Sie trat auf Jeremy und Craig zu. »Damit wir wieder miteinander reden.«

Fassungslos blickten die beiden Brüder sie an.

»Meine kluge Tochter«, hallte plötzlich eine Stimme durch den Raum. Alle Köpfe wandten sich um und starrten zum geöffneten Rolltor, das sich nur schwach gegen die Dunkelheit abzeichnete. Dort stand ein Mann und sah in ihre Richtung. Langsam trat er auf die Gruppe zu. Er war klein und drahtig und trug einen blauen Overall. Sein Haar war schneeweiß und das Gesicht geprägt von unzähligen Lachfalten. In seinen Augen lag etwas Verschmitztes, Jugendliches. Und gleichzeitig eine tiefe Traurigkeit. Er schien weder die drei Detektive noch die anderen Begleiter wahrzunehmen. Felix Kopperschmidt hatte nur Augen für seine Kinder.

Ein Meisterwerk für Felix

Abwechselnd blickte er von Caitlin zu Jeremy zu Craig, die wie erstarrt waren. »Ich wusste, dass du die Erste sein würdest, die meinen Plan durchschaut, Caitlin. Und dass du deine Geschwister zusammentrommeln würdest, Jeremy. Und dass du mit aller Hartnäckigkeit am Ball bleiben würdest, Craig. Diese kleine Rätseljagd war die einzige Möglichkeit, die mir noch einfiel. Ich wusste, wenn überhaupt irgendetwas auf der Welt euch drei wieder zusammenbringen kann, dann ist es die Sorge um euren verschwundenen alten Vater.«

Inzwischen stand Felix Kopperschmidt genau vor seiner Tochter und strich ihr sanft übers Haar. In Caitlins Augen schimmerten Tränen.

»Ihr seid hier. Ihr habt alle Rätsel gelöst. Aber eines weiß ich trotzdem noch nicht: Hat mein Plan funktioniert?«

Caitlin blickte zu ihren Brüdern. Jeremy nickte schniefend. Und schließlich auch Craig.

Felix Kopperschmidt senkte den Kopf und lächelte. Und dann fielen Craig, Jeremy und Caitlin ihrem Vater endlich in die Arme.

Der Erste Detektiv wandte sich ein wenig beschämt ab und raunte: »Wir sollten verschwinden, Kollegen! Das ist nun wirklich eine Familienangelegenheit.«

Peter und Bob nickten, drehten sich um und verließen so unauffällig wie möglich die Halle. Als sie draußen unter dem hellen und klaren Sternenhimmel standen, bemerkten sie, dass George ihnen gefolgt war. Er trat auf sie zu. Sein Gesichtsausdruck war schwer zu deuten.

»Sagt mal, was läuft hier eigentlich, Jungs?«

»Ist das nicht offensichtlich?«, fragte Justus.

»Nein! Ist es überhaupt nicht! Die Sache mit Caitlins Vater und dem Meisterwerk habe ich ja nun verstanden. Aber was hattet ihr drei Burschen damit zu tun?«

Bob lachte. »Gar nichts. Genau das war ja das Problem.« Er berichtete George, wie die drei ??? auf den Fall gestoßen waren, wie sie die Rätsel gelöst und was sie bei ihren Ermittlungen erlebt hatten. »Ständig wurden wir verfolgt und bedroht. Und um ehrlich zu sein: Die meiste Zeit hatten wir Sie in Verdacht.«

George traute seinen Ohren nicht. »Mich? Aber ich erfahre von der ganzen Geschichte gerade zum ersten Mal.«

»Das ist uns inzwischen auch klar«, fuhr Justus fort. »Aber für die Drohungen sind theoretisch jedes Mal Sie infrage gekommen. Inzwischen wissen wir jedoch, dass es fast immer Mr Quinn war, der uns von den Ermittlungen abhalten wollte.«

»Er war es, der uns den geköpften Mobimec vor die Tür legte«, sagte Peter. »Und er hat Justus auch nachts überfallen und den Sarg ans Tor gehängt. Er wusste sich halt nicht anders zu helfen.«

»Aber bei diesem Angriff verlor er seinen Schlüsselbund«, fuhr Bob fort. »Und das war schließlich der entscheidende Hinweis. Am Schlüssel hing ein ›I ♥ San Francisco‹-Anhänger. Wir dachten, er gehört Ihnen. Als wir Sie jedoch verfolgten und schließlich bei Craig landeten, entdeckte ich in der Küche am Kühlschrank eine Postkarte aus San Francisco. Ich sah sie mir an. Sie stammte von Anthony Quinn. Und die Handschrift war identisch mit der auf dem verlorenen Einkaufszettel des Attentäters! Also beschloss ich, den gefundenen Schlüssel bei Mr Quinn auszuprobieren. Ich fand seine Adresse heraus, fuhr hin und siehe da – der Schlüssel passte. Mr Quinn hat mir dann schließlich auch die ganze Geschichte erklärt. Wie Felix gemeinsam mit ihm den Plan ausgeheckt hat, seine Kinder auf eine Rätseljagd zu schicken, die ihre Beziehung zueinander verändern sollte.«

»Alle waren eingeweiht«, fuhr Justus fort. »Mrs Loughlin, Mr Quinn und Craigs Frau Martha Lynn. Alle wollten, dass die drei Geschwister sich wieder vertragen. Alle haben dafür gesorgt, dass die drei sich den Rätseln widmen. Mr Kopperschmidt hatte die Rätsel extra so entwickelt, dass seine drei Kinder sie nur gemeinsam lösen konnten. Ein Rätsel, in dem es um Geschichte, um Theologie und um Pflanzen geht für Craig, der sich in allen drei Bereichen gut auskennt. Ein Zahlenrätsel für Caitlin, die Pfiffigste der drei. Und ein Rätsel, das körperlichen Einsatz erfordert für Jeremy, der in seiner Freizeit Freeclimbing betreibt.«

»Aber wie der Zufall es wollte, funktionierte diese Kombination auch bei uns«, erzählte Peter weiter. »Bob konnte durch seine Recherche das Heiligenrätsel lösen.

Für Justus war das Zahlenrätsel ein Kinderspiel. Na ja, fast. Und ich war der Einzige, der es sich zugetraut hat, auf den roten Turm zu klettern. Damit kamen wir dem ganzen Plan natürlich in die Quere.«

George nickte nachdenklich. »Ihr habt also die Rätsel gelöst, obwohl es eigentlich Caitlin, Jeremy und Craig hätten tun sollen. Daher haben die anderen versucht, euch aufzuhalten. Warum haben sie euch nicht einfach über alles informiert?«

»Sie wussten nicht, wie sie uns einschätzen sollten. Ob sie uns vertrauen konnten. Daher hat Mr Quinn die Karten erst auf den Tisch gelegt, als Bob ihn zur Rede gestellt hat.«

»Aber eines verstehe ich noch nicht: Wer hat am roten Turm auf Peter geschossen? Das kann doch nicht Mr Quinn gewesen sein, denn wenn ich das richtig verstanden habe, hattet ihr ihn zu diesem Zeitpunkt noch gar nicht kennengelernt.«

»Ich war das«, meldete sich nun eine Stimme von hinten. Virginia Loughlin trat lächelnd aus der Halle und ging auf die drei Detektive und George zu. »Ich kann den roten Turm von meinem Fenster aus sehen. Meine Aufgabe war es, das Päckchen, das Mr Quinn dort einige Tage zuvor deponiert hatte, im Auge zu behalten. Denn es kommt häufiger vor, dass Jugendliche auf den Turm klettern. Und die sollten das Päckchen natürlich nicht finden. Ich bin seit jeher eine gute Schützin. Also habe ich einen Warnschuss abgegeben, als ich Peter auf dem Turm entdeckte. Ich habe natürlich weit genug an ihm vorbei gezielt. Schließlich wollte ich ihn nur vom Turm vertreiben. Aber leider hat das nicht geklappt, jedenfalls nicht rechtzeitig.« Sie wandte sich an den Zweiten Detektiv. »Ich hoffe, du kannst mir diesen kleinen Schrecken verzeihen.«

»Na ja, ehrlich gesagt war es ein ziemlich großer Schrecken«, sagte Peter, doch dann lächelte er. »Aber ich hab's schon vergessen.«

»Aber warum haben Sie den drei Jungs zwei Tage später dann doch noch das Päckchen mit dem Pfadfinder gegeben?«, wollte George wissen. »Sie wussten doch, dass es eigentlich für Caitlin, Craig und Jeremy bestimmt war.«

»Das stimmt. Aber einen Tag zuvor haben sich die drei in Felix' Haus das erste Mal seit Jahren getroffen. Und dieses Treffen verlief katastrophal. Sie waren ja dabei. Felix' Plan schien nicht aufzugehen, da sich seine Kinder trotz der vermeintlichen Gefahr, in der ihr Vater schwebte, nicht zusammenraufen konnten. Also folgte ich einer spontanen Intuition. Als Justus, Peter und Bob plötzlich vor meiner Tür standen, dachte ich: Konkurrenz belebt das Geschäft. Wenn plötzlich drei dahergelaufene Lausebengel – Verzeihung, Jungs – hinter dem Geheimnis ihres Vaters her sind, vielleicht bewegt das Craig, Jeremy und Caitlin dazu, sich endlich auf das Wesentliche zu besinnen und den Streit zu vergessen. Das hat aber nur zum Teil geklappt. Also mussten wir – Anthony, Martha Lynn und ich – dafür sorgen, dass die drei Detektive sich wieder anderen Dingen widmen. Aber die Jungs sind nur schwer zu beeindrucken, das muss ich schon sagen. Wenn sie erst einmal ein Geheimnis gewittert haben, können weder Schüsse noch abgeschlagene Mobimec-Köpfe sie aufhalten.«

»Na, Virginia, klärst du gerade die letzten ungelösten Fragen?« Anthony Quinn und Martha Lynn näherten sich der Gruppe. Beide waren bester Laune.

»Wie sieht es da drinnen aus?«, erkundigte sich die Schwarze Dame.

»Sehr gut«, sagte Martha Lynn. »Die vier haben jetzt sicher einiges zu bereden. Dabei stören wir sie besser nicht.«

»Sie hatten anfangs keine Ahnung, dass die drei Jungen das erste Rätsel gefunden hatten, oder?«, wandte sich George an Mr Quinn.

»Nein. Ich hatte gedacht, es wäre einfach verloren gegangen. Felix und ich hatten ein Ersatzrätsel geschrieben. Ich wollte es gerade ins Spiel bringen, als Justus uns plötzlich sein Ass im Ärmel präsentierte und die Höhle des Schlupfkrabblers herausholte. Erst in diesem Moment wurde mir klar, wie sehr uns die drei in die Quere kommen könnten.«

»Es tut uns wirklich leid, Mr Quinn«, sagte Justus. »Aber wir hatten ja keine Ahnung von dem ganzen Plan. Und wie Mrs Loughlin schon sagte: Wenn wir ein Geheimnis wittern, wird man uns schwer wieder los.«

»Eine letzte Frage ist mir in den vergangenen Tagen noch eingefallen«, sagte Bob. »Craig, Caitlin und Jeremy kamen innerhalb von zwei Tagen nacheinander zum Schrottplatz von Titus Jonas, um sich nach Mobimecs zu erkundigen. Erst dadurch sind wir ja überhaupt auf den Fall aufmerksam geworden. Aber das war doch kein Zufall, oder?«

Martha Lynn lachte. »Nein, war es nicht. Felix, Virginia, Anthony und ich ahnten, dass das Verschicken der Mobimec-Einzelteile die drei nicht unbedingt dazu bringen würde, miteinander in Kontakt zu treten. Also mussten wir dafür sorgen, dass sie sich zufällig über den Weg laufen. Also erwähnten wir bereits Wochen zuvor immer mal wieder den Trödelhandel von Mr Jonas. Und dass man dort alles finden könne, was man wolle, sogar manchmal Mobimecs. Als Craig, Jeremy und Caitlin schließlich die Päckchen geschickt bekamen, erinnerten sie sich daran und suchten den Schrottplatz von sich aus nacheinander auf. Dass sich ihre Wege dort in der einen oder anderen Weise kreuzen würden, war unsere Hoffnung. Dass ihr drei auf sie aufmerksam werden würdet, konnten wir ja nicht ahnen.«

Damit waren auch die letzten offenen Fragen geklärt. Nach und nach löste sich die Gruppe auf, bis die drei Detektive schließlich allein auf dem ehemaligen Werksgelände der Firma Kopperschmidt standen. Über ihnen funkelten glasklar die Sterne, die Grillen zirpten im Gestrüpp und eine warme Brise wehte durch die Nacht. Plötzlich hatte dieser Ort gar nichts Unheimliches mehr an sich, sondern nur etwas sehr Friedliches. Nachdenklich schlenderten sie zurück zu Peters MG.

»Und was lernen wir aus diesem Abenteuer?«, brach der Zweite Detektiv das Schweigen.

»Dass nach einem erfolgreich gelösten Fall nicht immer jemand ins Gefängnis wandert«, meinte Bob.

»Ja. Das auch. Aber ich wollte eigentlich auf etwas anderes hinaus.«

»Nämlich worauf?«

»Dass man immer miteinander reden sollte. Über alles. Nicht nur in der Familie, auch unter Freunden.«

»Hört, hört.«

»Mach dich nur lustig, Justus. Du weißt genau, wovon ich rede: Die Kopperschmidts haben uns doch gezeigt, wie weit es kommen kann. Willst du, dass wir irgendwann genauso enden?«

»Wir?«, wiederholte Justus. »Wieso denn wir?«

»Komm schon, Just, stell dich nicht dumm: Wir drei reden auch nicht immer miteinander. Die Geschichte mit Lys ist das beste Beispiel. Aber ich finde, wir sollten das ändern. Also: Was ist da zwischen euch gelaufen?«

Der Erste Detektiv seufzte resigniert. »Willst du das jetzt ernsthaft zum Thema machen?«

Peter nickte. »Ja. Will ich. Um unserer Freundschaft willen.«

Justus verdrehte die Augen. »Auch wenn ich deine pathetischen Vorstellungen von Freundschaft nicht immer nachvollziehen kann, Peter: meinetwegen. Es war so ...«

Als die drei ??? in dieser Nacht zu reden aufhörten, ging über Rocky Beach bereits die Sonne auf.

Die drei ???

Die drei ???

... und der Karpatenhund/
... und das Narbengesicht
ISBN 978-3-570-20040-7 (DD)

... und die Fußballgangster/
... und die Diamanten-Schmuggler
ISBN 978-3-570-21293-6 (DD)

... und der Ameisenmensch
ISBN 978-3-570-21141-0

... und der Automarder
ISBN 978-3-570-20765-9

... und die Automafia
ISBN 978-3-570-27070-7

... und der Diamantenschmuggel
ISBN 978-3-570-20994-3

... und der Dopingmixer
ISBN 978-3-570-20546-4

... und das Erbe des Meisterdiebs
ISBN 978-3-570-21373-5

... und die Fußballgangster
ISBN 978-3-570-21020-8

... und das Geheimnis der Särge
ISBN 978-3-570-20768-0

... Geheimsache Ufo
ISBN 978-3-570-21185-4

... und der gestohlene Preis
ISBN 978-3-570-20582-2

... und das Gold der Wikinger
ISBN 978-3-570-21177-9

... und der Höhlenmensch
ISBN 978-3-570-21022-2

... im Bann des Voodoo
ISBN 978-3-570-21372-8

... und die Karten des Bösen
ISBN 978-3-570-21370-4

... und der lachende Schatten
ISBN 978-3-570-21138-0

... und der magische Kreis
ISBN 978-3-570-20499-3

... und die Musikpiraten
ISBN 978-3-570-20580-8

... und der Nebelberg
ISBN 978-3-570-21371-1

... und die Perlenvögel
ISBN 978-3-570-20583-9

5420/45

... und der Schatz im Bergsee
ISBN 978-3-570-20713-0

... und die Schlucht der Dämonen
ISBN 978-3-570-27071-4

... und Spuk im Hotel
ISBN 978-3-570-20993-6

... und der Teufelsberg
ISBN 978-3-570-21180-9

... und der verrückte Maler
ISBN 978-3-570-20545-7

... und die Villa der Toten
ISBN 978-3-570-21715-3

... und der weinende Sarg
ISBN 978-3-570-20471-9

... und der Zauberspiegel
ISBN 978-3-570-21181-6

... Das Gold der Wikinger
ISBN 978-3-570-21859-4

... Der Doppelgänger
ISBN 978-3-570-21858-7

... Der Feuerturm
ISBN 978-3-570-21746-7

... Der rasende Löwe
ISBN 978-3-570-21755-9

... Der schrullige Millionär
ISBN 978-3-570-21759-7

... Die bedrohte Ranch
ISBN 978-3-570-21760-3

... Die Schattenmänner
ISBN 978-3-570-21751-1

... Schüsse aus dem Dunkel
ISBN 978-3-570-21756-6

... Die singende Schlange
ISBN 978-3-570-21754-2

... Späte Rache
ISBN 978-3-570-21752-8

... Panik im Park
ISBN 978-3-570-21739-9

... Der verschwundene Filmstar
ISBN 978-3-570-21737-5

... Der schwarze Skorpion
ISBN 978-3-570-21740-5

... Der geheime Schlüssel
ISBN 978-3-570-21741-2

... und die Musik des Teufels
ISBN 978-3-570-21742-9

Ursel Scheffler
Die Hafenkrokodile

Hamburg, der Hafen und das Elbufer. Hier kennen Leonie, Pat und Ole jeden Nachbarn und jede Ecke. Und wann immer es gilt, mit Verstand, Witz und Pfiff einem Geheimnis auf die Schliche zu kommen, sind die drei Freunde vom DetektivKlub Hafenkrokodile zur Stelle.

Fall 1: Ein Krokodil zu viel
ISBN 10: 3-570-21660-8
ISBN 13: 978-3-570-21660-6

Fall 2: Geheimaktion Kolibri
ISBN 10: 3-570-21661-6
ISBN 13: 978-3-570-21661-3

Fall 3: Das Rätsel der Katzenvilla
ISBN 10: 3-570-21662-4
ISBN 13: 978-3-570-21662-0

Fall 4: Blinder Passagier in Not
ISBN 10: 3-570-21663-2
ISBN 13: 978-3-570-21663-7

5325/4
omnibus
www.omnibus-verlag.de